미래에서 온 영화감독

철순 현대 판타지 장편소설

WISHBOOKS MODERN FANTASY STORY

미래에서 온 영화감독 2

철순 현대 판타지 장편소설

초판 1쇄 찍은 날 | 2019년 1월 4일
초판 1쇄 펴낸 날 | 2019년 1월 11일

지은이 | 철순
펴낸이 | 예경원

기획 | 위시북스
편집책임 | 이규재
편집 | 위시북스

펴낸곳 | 예원북스
등록번호 | 제396-2012-000132호
등록일자 | 2012. 7. 25
KFN | 제1-353호

주소 | 경기도 고양시 일산동구 호수로 646-24 위너스21II빌딩 206A호 (우)10401
전화 | 031-819-9431 팩스 | 031-817-9432
E-mail | yewonbooks@naver.com

ⓒ철순, 2019

ISBN 979-11-965806-7-4 04810
       979-11-965806-5-0 (set)

미래에서 온
영화감독 ②

철순 현대 판타지 장편소설
WISHBOOKS MODERN FANTASY STORY

미래에서 온
영화감독

CONTENTS

◀ 1장 ▶
경험의 차이(1)

1톤 트럭에 가득 실린 장비를 본 서대호가 입을 쩍 벌렸다.

"이게 다 뭐야."

"촬영 장비."

"그걸 몰라서 묻겠냐."

강찬의 집에는 보관할 수 없기에 마당이 있는 서대호의 집으로 온 것이었다. 서대호의 집 마당에 차를 세운 강찬은 방수포를 덮으며 말했다.

"마음대로 쓸 수 있는 마법의 카드가 생겼거든."

"오…… 그 회사에서 준 거야?"

"그렇지."

"그럼 바로 촬영 들어가겠네. 시나리오는 짰고?"

"거의."

오늘 가져간 것 중 두 사람 모두의 마음에 든 게 다섯 번째 시나리오, 'YOU'였다. 그러니 'YOU'를 바탕으로 살을 붙이면 될 터.

"그건 그렇고 대호 너 면허 없지?"

"그렇지? 면허는 왜?"

"앞으로 영화 찍으러 다니려면 차 몰 일 많다. 월요일 날 면허 학원 등록할 건데 같이 가자."

서대호는 생각도 해본 적 없다는 듯 잠시 멍하니 그를 보다 고개를 끄덕였다.

"그래."

3월의 셋째 주 월요일.

오늘은 오후 수업 하나만 있는 날. 하지만 강찬은 오전부터 바쁘게 움직였다.

서대호와 함께 운전면허 학원에 등록하고 홈페이지 제작 외주를 맡겼다. 서태산에게 받은 투자금 천만 원이 있었기에 돈 걱정 없이 진행할 수 있었다.

"근데 차는 어쩌지?"

"중고로 한 대 사든가 해야지."

투자자를 구하려면 적어도 중단편 하나는 더 찍어야 할 터. 그때까지는 가진 돈으로 모든 것을 해결해야 했다.

두 가지를 마친 강찬은 서대호와 함께 도서관으로 향했다.

이제 광고를 찍어야 하니 촬영 계획표와 시나리오, 스토리보드 등 준비할 게 많았기 때문.

도서관 자리에 앉은 강찬은 곧바로 노트를 펴고 캐스팅 보드부터 작성에 들어갔다.

필요한 인물은 일곱. 아이와 남자 고등학생, 그리고 대학생과 주부, 마지막으로 중장년의 남성 셋까지.

남녀노소 할 것 없이 누구라도 콘텐츠를 제작할 수 있으며 그것으로 UCC 크리에이터가 될 수 있다는 것을 부각시키기 위한 캐스팅이었다.

"후."

어서 인지도를 높여야 한다.

감독이 유명한 사람이라면 어떤 배역이 필요하다는 말 한마디로 수천 명의 지원자가 오디션을 보러 온다.

하지만 지금의 강찬은 인지도가 없는 것이나 마찬가지인 상황. 배우 하나를 캐스팅하기 위해서는 직접 발로 뛰어야 하는 것이다.

'지금은 아니다만.'

지금 강찬이 찍는 것은 자신의 영화가 아닌 영일 미디어아츠의 광고. 게다가 영화 프로듀서들이 많은 곳이니 요구하면 배우 캐스팅 풀 정도는 맞춰줄 것이다.

문제는 강찬의 작품을 찍을 때다.

'그건 그때 가서 생각하고.'

지금 집중할 것은 영상의 퀄리티를 높여 공중파 CF로 진출하는 것이다. 강찬은 노트 위에 자신이 원하는 배우의 조건을 적어 넣기 시작했다.

남자아이(5~10세): 밝은 얼굴상, 활발함.

여자(중고생): 악기를 다루는 장면을 촬영할 것. 성인이어도 어려 보이면 상관X

남자(대학생): 공을 차서 골을 넣는 장면을 촬영할 것. 육상부 느낌.

주부(3~40대): 요리하는 장면 연출.

중년 남성(4~50대): 3명. 낚시하는 장면 연출.

여기까지 작성한 강찬이 이마를 짚었다.

'로케도 따야겠네. 제작비야 내 돈이 아니니 상관은 없다만.'

어지간한 곳은 미래대에 신청하면 허가는 내줄 터. 그렇게 한참을 고민하며 광고 촬영 준비를 하던 강찬은 눈이 뻑뻑해지는 것을 느끼곤 눈을 감았다.

그때 강찬의 핸드폰이 울렸다.

[영일 홍보 2과 과장 배찬수]

발신인을 본 강찬의 머리에 '돈을 너무 썼나?' 하는 생각이
들었다. 따져봐야 필요한 지출이니 당당한 강찬은 핸드폰을
들고 도서관 밖으로 나와 전화를 받았다.

"예. 강찬입니다."

-아, 강찬 학생. 배 과장이에요. 다른 건 아니고, 촬영 장비
대여 결제 내역 때문에 전화했거든요.

예상한 말이 흘러나왔다. 강찬이 준비한 대답을 하려 할 때,
배찬수 과장이 말을 이었다.

-너무 저가 장비만 대여한 거 아니에요? 너무 적게 쓴 거 같
은데. 마음 놓고 편히 사용해도 됩니다.

"그게…… 예?"

예상과는 정반대의 전개. 놀란 강찬이 되묻자 배찬수가 말
했다.

-계약금 100만 원밖에 못 준 것도 마음 쓰였는데, 오늘 출근
해서 결제 내역 보니까 더 마음이 쓰이더라고요. 얼마가 들어
도 괜찮으니까 촬영하면서 필요한 거 있으면 다 결제하고 영수

증만 좀 챙겨줘요. 식사나 기타 경비도 다 법인 카드로 청구하시고.

생각 이상의 호의에 강찬의 얼굴에 의문이 깃들었다.

토요일에 만날 때까지만 하더라도 반신반의하던 양반이 갑자기 전폭적인 지지를 약속한다니.

"무슨 일 있나요?"

-무슨 일은, 말했잖아요. 강찬 학생의 능력에 비해 너무 푸대접한 게 아닌가 싶어서 그래요. 아, '우리들' 잘 봤습니다. 아주 잘 만들었던데요? 안 PD가 괜히 극찬한 게 아니었더라고요. 하하하.

"감사하긴 한데……."

강찬의 머리가 팽팽 돌았다.

'우리들'을 보고 강찬의 가능성을 느꼈기에 갑자기 호의적이 되었다? 그렇다고 보기엔 정도가 지나치다.

'우리들'이 못 만든 영화는 아니지만 30분짜리 단편이다. 게다가 단편제의 심사위원을 타깃으로 한 서정적인 영화였기에 다른 코드들이 많이 사라진, 어찌 보면 단편적인 감정만 담았다고도 할 수 있는 영화.

그런 영화가 홍보부 과장의 마음을 흔들었다고 한들 이 정도까진 아닐 터.

강찬이 생각을 정리하고 있을 때 배찬수의 말이 이어졌다.

-캐스팅이나 세트장 같은 것도 부담 없이 말해요. 우리 쪽 통하면 더 싸게, 더 빠르게, 더 쉽게 구할 수 있는 거 알죠?

그거야 안다.

안민영 PD한테 전화만 하더라도 이쪽 업계에서 일하는 수많은 사람을 소개받을 수 있을 터.

'문제는 왜 이렇게 호의적이냐는 건데.'

잠깐 고민하던 강찬의 뇌리에 빛살이 스쳤다.

"혹시 말입니다."

-예. 말씀하세요.

"경합으로 바뀐 겁니까?"

지금까지 청산유수처럼 말하던 배찬수가 대답 대신 침묵으로 일관했다. 이런 상황에 침묵은 긍정이나 마찬가지.

'경합이라.'

배찬수가 갑자기 그를 전폭적으로 지원하는 이유는 간단하다.

상대가 생기니 지기 싫어진 것이다.

거기에 자신이 홀로 따냈던 일이 경합으로 바뀌니 발등에 불이 떨어지기도 했을 테고.

"누굽니까?"

-김동섭 과장이라고 홍보 1과에 있는 사람인데요…….

"아뇨. 추진한 사람 말고, 그 사람이 내세운 감독이요."

-아, 잠시만 기다려 주세요.

전화를 할 때도 연설 능력이 통하는 것일까. 배찬수는 강찬과 열 살이 넘게 차이가 나는데도 바른 태도를 유지하며 답했다.

-홍용희, 라는 광고 전문 감독이네요. 얼마 전에 나온 세탁기 광고 기억하세요? 그 순수~ 순수~ 하던 거.

"아뇨. TV를 잘 안 봐서."

-원래는 중고 신인이었는데 이번 CF로 대박 내고서 주가를 올리고 있는 감독입니다.

강찬은 빠르게 기억을 뒤져 보았지만, 그의 기억에 없는 이름이었다. 광고 쪽 사람이라 그럴 수도 있지만, 어지간히 유명한 감독들의 이름은 전부 기억하고 있었다.

즉, 강찬이 알고 있는 미래까지 유명해지지 못한 감독이라는 뜻이다.

-미안합니다. 나도 오늘 출근하고 들은 거라. 김동섭 과장이 이사님한테 직접 찾아가서 말했답니다. 원래 광고는 경합하는 게 맞지 않냐면서…… 그랬더니 백 이사님이 컨펌하셨답니다.

"배 과장님이 미안하실 게 뭐 있습니까. 괜찮습니다. 어차피 백 이사님이라는 분 눈에 들어야 하는 거였잖습니까. 달라진 건 없습니다."

말을 마친 강찬이 천천히 고개를 끄덕였다.

오히려 좋다. 안 그래도 열심히 하려 했던 것에 호승심이라는 좋은 연료가 부어져 활활 타오르게 생겼으니.

게다가 상대는 광고 전문 감독.

그런 이를 꺾는다면 백 이사라는 사람에게 눈도장도 찍을 수 있을 터. 판이 커진 것이 여러모로 이득인 상황이었다.

-하하, 이해해 주신다니 고맙습니다. 다음에 한 번 사석에서 만납시다. 내가 거하게 한잔 살게요.

"그럼 기대하겠습니다. 아, 그리고 한 가지 부탁이 있는데요."

-뭐든 말씀하세요.

"로케이션 매니저 한 분, 그리고 캐스팅 매니저 한 분 소개 좀 부탁드립니다."

-그 정도야 얼마든지 가능합니다. 그럼…… 잘 부탁드리겠 습니다.

마지막 말을 끄는 데서 배찬수의 발등에 타오르는 불똥의 크기가 보이는 듯했다. 김동섭이 어떤 사람인 줄은 모르겠으 나 배찬수와 사이가 안 좋은 것은 불 보듯 뻔한 상황.

그와의 경쟁에서 이기기 위해서는 자신의 능력이 아닌, 강찬 의 능력이 중요하게 되었으니 저렇게까지 부탁을 하는 것일 터.

그의 진실한 감정을 느낀 강찬이 답했다.

"예. 저도 최선을 다하겠습니다."

배찬수가 강찬에게 전화를 걸기 전날.

일요일 오후, 영일 미디어아츠 본사의 회의실.

두 명의 사내가 대화를 나누고 있었다.

툭 튀어나온 광대, 쑥 빠진 하관, 삼십 대 중반의 얼굴에도 벗어져 가는 머리가 인상적인 사내, 홍보부 김동섭 과장. 그리고 그의 오른팔이나 다름없는 곽원기 대리였다.

강찬에게 광고를 의뢰한 배찬수 과장과는 견원지간인 김동섭 과장. 그가 콧잔등을 긁적이며 말했다.

"백 이사님 지시라고 했지?"

"예. 다른 이사님들의 반대를 무릅쓰고 진행하시다 보니 아무래도 작게 벌이신 모양입니다."

백중혁 홍보 이사는 사업 확장을 위한 발판으로 UCC를 삼았고, 다른 네 명의 이사는 반대했다.

하지만 말린다고 들을 백중혁이 아니었고, 그의 성격답게 실적으로 보여주겠다며 배찬수 과장에게 일을 맡긴 것이었다.

"이사님들 중 네 분이나 반대하니까 백 이사님도 크게는 못 벌인 모양이네. 대학생한테 광고를 맡기다니."

"미래 단편제에서 우승하고 미래대 수석으로 들어간 학생이랍니다. 이름은 강찬."

설명을 들어도 김동섭 과장의 구겨진 미간은 펴질 기미가 보이지 않았다. 백 이사의 지시라면 짚을 지고 불 속에 뛰어들 배찬수 과장이다.

한데 그런 이가 이런 중요한 일에 대학생을 앞세운다는 것은.

"그 강찬이라는 대학생한테 뭔가 있거나, 배 과장이 드디어 정신이 나간 거지."

"아마 전자가 맞을 거 같습니다. 강찬이라는 학생, 안 PD가 직접 물어 온 건이랍니다. 최윤식 배우 소개 통해서요."

안민영 PD의 이름을 듣고 나서야 김동섭 과장의 미간이 펴졌다.

연극을 거쳐 영화 연출 PD 쪽으로 이름을 알리기 시작한 안민영 PD의 안목이라면 강찬이라는 학생에게 무언가 있다는 쪽에 힘이 실린다.

"흠…… 원기야."

"예, 과장님."

"백 이사님이 내가 아니라 배 과장한테 일을 맡기신 이유가 뭘까?"

"배 과장님은 원래 연극영화 쪽이 아니라 광고마케팅 쪽이었잖습니까. 그러니까 특기를 본 거 아니겠습니까."

알고 있다. 하지만 생각을 정리하기 위해 물은 것이었다. 천천히 고개를 끄덕인 김동섭 과장이 곽원기 대리를 바라보며 말했다.

"내가 이번에 배 과장보다 더 나은 결과물을 내놓는다면. 그리고 그걸로 다른 이사님들까지 설득해서 백 이사님 면 좀 세워 드린다 치면. 라인 확실히 탈 수 있겠지."

"당연한 거 아니겠습니까?"

상대는 배찬수도, 안민영 PD도 아닌 이제 막 스무 살이 된 대학생이다.

경험으로 찍어 누를 수 있는 광고 전문 감독을 데려와 찍는다면?

경합을 한다 하더라도 승리는 따놓은 당상 아니겠는가?

김동섭이 곽원기와 눈을 맞춘 뒤 물었다.

"이건 하늘이 내린 기회다."

"저도 그렇게 생각합니다."

두 사람이 미소를 지으며 악수를 나누었다. 앞으로 일이 어떻게 진행될지는 상상도 하지 못한 채.

월요일 오후 수업이 끝난 뒤, 강찬은 곧바로 도서관으로 향했다.

도서관의 빈자리에 앉은 강찬은 곧바로 노트를 펴고 완성하지 못했던 세세한 부분들을 채워 나가며 퇴고하기 시작했다.

그렇게 몇 시간여.

시나리오는 완성되었다. 어떤 구도로 연출을 할지 스토리보드도 완성되었다.

한데 느낌이 오질 않았다.

'우리들'을 만들 때처럼 딱 이거다! 하는 느낌이.

'광고라.'

광고는 짧은 시간 안에 보는 사람의 뇌리에 각인되어야 한다.

즉, 천천히 쌓아가며 마지막에 여운을 남기는 영화와는 완전히 다른 영상물이라는 소리였다.

'조금만 기다려 주세요. 곧 죽이는 장면이 나옵니다'와 같은 영화적 기대감은 먹히지 않는다.

지나가다 단 한 장면만 보아도 기억할 수 있도록 만들어야 한다.

'어려워.'

영화를 만들 때도 그렇지만 광고에서의 대사는 더욱 중요해진다. 들어가는 문구, 배우의 행동, 대사와 음악, 색채까지도 모두 시청자의 오감을 자극해 뇌리에 새겨지는 역할을 해야 하니.

"죽겠네."

그때 강찬의 핸드폰이 울렸다. 모르는 번호에 고개를 갸웃한 강찬은 도서관을 나서서 전화를 받으며 말했다.

"예, 강찬입니다."

-안녕하세요. 영일 미디어아츠 소속 PD 윤가람입니다.

"아, 예. 반갑습니다."

-다름이 아니라 이번 광고 건에서 제가 강 감독님을 담당하게 되었습니다. PD가 아니라 로드 매니저라 생각하시고 필요한 건 이 번호로 요청하시면 됩니다.

윤가람의 말을 들은 강찬이 헛웃음을 흘렸다.

대학생이 혼자 광고를 만드는데 피디를 붙여준다?

부담을 느끼라는 건지 아니면 그만큼 대우를 해준다는 건지.

'둘 다구나.'

일단 고개를 끄덕인 강찬이 답했다.

"그렇군요. 감사합니다. 로케이션 리스트랑 캐스팅 보드 메일로 보내 드릴 테니 메일 주소 문자로 보내주실 수 있을까요?"

-알겠습니다.

전화를 끊고 얼마 지나지 않아 윤가람 PD의 메일이 담긴 문자가 왔다. 그것을 본 강찬은 핸드폰으로 인터넷을 접속하려다 이내 한숨을 쉬었다.

지금은 2006년.

핸드폰으로 메일을 확인하긴커녕, 아이폰 2G도 내년에 출시되는 판국이다.

짧게 한숨을 쉰 강찬이 말했다.

"노트북도 하나 사야겠네."

이제 막 시작하는 단계다 보니 필요한 게 한두 가지가 아니었다. 가장 큰 문제는 돈. 이번 광고로 대박을 쳐서 지상파에 CF를 내보낼 수만 있다면 해결될 것이다.

영화 '우리들'이 주춧돌이었다면 이번 CF는 발판이다.

고개를 주억인 강찬은 다시 도서관으로 발걸음을 올렸다. 답이 보이지 않는다고 가만히 앉아 있을 순 없는 노릇. 조금이라도 움직여서 답을 찾아야 할 때였다.

그로부터 5일 후. 토요일. 경기도의 세트장.

아직 '이거다!' 하는 느낌이 오진 않았지만, 그렇다고 손을 놓고 있을 순 없었다. 차라리 몸으로 부딪히며 답을 찾는 게 오히려 스타일에 맞았다.

윤 PD에게 로케이션과 배우 캐스팅까지 부탁한 강찬은 만족할 만한 결과를 받고 바로 촬영에 들어갔다.

"오셨어요?"

"예, 안녕하세요."

강찬이 촬영 준비를 하고 있는 사이, 곱다는 말이 어울릴 30대 중반의 여성과 오늘 촬영의 주인공인 그녀의 딸이 함께 촬영장으로 들어왔다.

"안녕, 여름아."

"안녕하세요, 감독님."

11살의 이여름은 배꼽 인사를 했고 강찬은 미소를 지으며 이여름의 손에 사탕을 쥐어 주었다. 그녀는 고맙다는 인사와 함께 해맑은 웃음을 보여주었다.

"그럼 조금 있다 뵙겠습니다."

"예. 오늘 촬영에서 여름이 잘 부탁드릴게요."

첫 시퀀스는 가정집으로 꾸며진 세트장에서 11살짜리 아이가 노래를 부르는 내용이었다.

아이는 해맑은 얼굴로 카메라를 설정한 후 노래를 부른다. 노래를 마친 뒤 뿌듯한 얼굴을 가득 차게 담으며 카메라를 끄는 장면.

누구든 UCC를 제작할 수 있다는 의미를 담은 장면으로 아이의 웃음과 무언가를 만드는 장면이 키포인트.

그것을 위해 강찬은 직접 캐스팅에 나섰다.

개중 그의 눈에 띈 아이가 바로 이여름.

지금 보면 그저 연예계를 겉도는 아이 단역 중 조금 예쁜 아이로 보이지만, 13살이 되는 해 CF 하나로 일약 스타덤에 오르게 되는 아이였다.

이여름은 스타덤에 오른 이후 수많은 영화와 드라마를 전전하며 숨겨두었던 연기력을 뽐낸다.

그 이후, '그대로만 자라다오'를 몸으로 실천하며 국민 여동생의 자리를 꿰찬다. 하지만 그것도 잠시.

파격적인 연기 변신으로 여동생이 아닌 남자의 이상형 1위로 이미지 변신에 성공하고 국민 여배우의 자리에 오르게 되는 배우.

그 시작을 강찬이 발견한 것이었다.

'아주 좋아.'

미소를 지은 강찬은 이여름과 그녀의 어머니에게 직접 스토리보드와 동선을 알려주었다. 지금부터 잘 보여서 나쁠 것은 없으니.

그렇게 리허설까지 끝나자 강찬은 감독의 자리로 돌아왔고, 메가폰을 들며 말했다.

"자, 그럼 슛 들어갑니다."

슬레이트를 들고 있던 서대호가 아이의 앞에 무릎을 꿇고 앉았다.

"신 1에 컷 1. 테이크 1. 레디 큐!"

강찬이 신호를 보내는 순간. 서대호가 탁! 소리가 나게 슬레이트를 친 후 앵글 밖으로 부리나케 도망쳤다.

그리고 이어지는 이여름의 연기.

이여름은 해맑게 웃으며 자기소개를 했고 그렇게 컷 1이 끝났다.

"오케이! 그럼 컷 2로 갈게요. 카메라 움직여 주세요."

강찬의 오더 아래 서대호가 카메라를 옮겼고 강찬 또한 카메라의 구도를 확인했다.

강찬과 서대호, 그리고 영일 미디어아츠에서 지원 나온 몇 안 되는 스태프들까지 바쁘게 움직이며 컷과 테이크가 이어졌고, 촬영은 순조롭게 진행되었다.

촬영이 진행되는 사이.

첫 촬영을 기념하는 겸, 강찬의 실력을 눈으로 확인할 겸, 촬영장에 나왔던 홍보 2과 과장 배찬수가 윤가람 PD를 보며 말했다.

"이야…… 저게 대학생이야? 무슨 태교를 영화로 하셨나."

"저도 놀랐습니다."

"단편 하나 찍은 대학생이 무슨 카메라, 조명, 음향을 혼자 다 다루냐."

"그러니까 말입니다. 캐스팅부터 로케이션까지……."

윤가람 PD가 프로듀싱을 맡았기에 캐스팅, 로케이션뿐만 아니라 스태프의 모집까지 강찬이 원하는 건 모두 그의 손을 거쳐서 갔다.

그랬기에 강찬의 능력을 여실히 알 수 있었다.

"아주 프로 감독이에요."

"그건 그렇다 쳐. 저 여자애는 또 누구야?"

"그것도 궁금하지 말입니다. 다른 배우들은 다 제가 캐스팅했는데, 여름이, 아, 저 애 이름이 이여름입니다. 어쨌거나 저애만 강찬 감독이 캐스팅하겠다고 하더라고요."

"무슨 애가 연기를 저렇게 잘해."

웃고 뛰노는 연기였지만 이여름의 연기는 보통의 아이들과 달랐다. 마치 강찬이 원하는 장면을 정확히 아는 듯, 그의 요구를 따라 완벽한 연기를 보여주고 있었다.

"그러게요……"

두 사람뿐만 아니라 다른 스태프들 또한 강찬을 보며 놀라고 있었다. 이 현장에 강찬보다 어린 사람은 배우로 등장하는 이여름 한 명뿐.

다들 몇 년씩의 경험이 있는 이들이었으나 강찬처럼 감독일을 하는 사람을 본 적이 없었다.

마치 오케스트라의 지휘자처럼 현장의 모든 것을 자신의 손으로 조율하고, 장면을 만들어갔다.

"자, 마지막 신 갈게요. 여름아, 마지막이야. 힘내자!"

강찬은 이여름의 이름을 부르며 격려했고 이여름은 해맑은 미소, 그리고 빛나는 연기로 보답해 주었다.

'틀리지 않았구나.'

처음 이여름의 프로필을 보았을 때, 강찬은 그냥 넘어갈 뻔했다. 그가 알고 있던 이여름의 얼굴은 11살 이후. 2살 차이라지만 조금 달랐기 때문이었다.

하지만 강찬은 놓치지 않았고 캐스팅하는 데 성공했다.

입가에 미소를 지은 강찬이 메가폰을 들며 외쳤다.

"오케이 컷! 다들 고생하셨습니다! 수고하셨습니다! 그럼 다음 3번 시퀀스 준비해 주세요."

시퀀스란 몇 개의 신이 모여 하나의 에피소드를 이룬 것을 말한다.

1번 시퀀스와 3번 시퀀스는 둘 다 가정집에서 촬영하는 것이기에 하나의 세트에서 촬영이 가능했고, 강찬은 시간의 절약을 위해 하루에 두 시퀀스 모두 촬영하기로 한 것이었다.

강찬의 오더에 스태프들이 부산히 움직였다.

그사이, 강찬은 고생한 아역 배우와 그녀의 어머니에게 감사를 표하고 그 자리에서 현금이 담긴 봉투를 건넸다.

"감사합니다."

"아뇨. 제가 감사하죠. 여름이가 연기를 잘해줘서 아주 편했습니다."

짤막하게 인사를 건넨 강찬은 다시 현장으로 돌아와 가구

와 조명, 카메라의 세팅을 도왔다.

3번 시퀀스는 주부가 요리를 하는 장면.

지금은 아니지만 몇 년 후부터는 요리를 하는 방송, 그리고 먹는 모습을 보여주는 일명 '먹방'이 크게 유행을 탄다.

그 코드를 자극하려는 시퀀스가 바로 3번 시퀀스였다.

3번 시퀀스는 어머니가 요리하는 장면, 그리고 그걸 맛있게 먹는 것을 내보내는 장면이었다.

전체적인 틀은 1번과 같으나 등장인물이 다르고, 조명이 다르기 때문에 충분히 색다른 느낌을 줄 수 있을 터.

곧 세트가 완성되고 서대호가 강찬에게 알려주었다. 그사이 준비를 마친 강찬이 큐 사인을 냈다.

"자, 그럼 슛 들어갑니다. 신 2, 컷 1, 테이크 1. 레디 큐!"

카메라를 켜고 모녀가 잠깐 대화를 나누는 컷. 어머니는 요리를 시작하고 딸은 돕는다. 티격태격하다가 맛을 보고 오, 하고 감탄하는 장면. 이거 잘되면 가게 차려도 되겠다는 실없는 농담까지.

"NG. 컷. 잠시만요. 한 배우님, 농담하실 때 톤을 조금만 올려주시겠어요? 광고다 보니 아무래도 귀에 잘 들어와야 하거든요."

"네."

서대호가 다시 슬레이트를 치고 촬영이 재개되었다.

그 이후에도 강찬은 자신이 원하는 감정, 그리고 장면이 나올 때까지 수없이 반복해 가며 촬영을 이어갔다.

촬영 중 잠시 쉬는 시간.

찬물을 들이켜고 있는 강찬의 곁으로 서대호가 다가오며 물었다.

"무슨 일 있어?"

"왜?"

"뭔가 날카로워 보이길래."

강찬은 대답 대신 필드 모니터가 놓인 테이블로 걸어가 앉았다. 서대호가 그를 따라 곁에 앉자 강찬이 영상을 재생하며 말했다.

"봐봐."

서대호는 각각의 영상을 틀어보았고 곧 편집점을 생각하는지 눈을 끔뻑거리다 말했다.

"스토리보드 그대론데?"

"그거 말고 느낌."

"흠."

서대호가 다시 살필 때, 강찬은 뒤에서 현장을 지키고 있던 윤가람 PD를 불러 함께 영상을 보여주었다.

"윤 PD님이 보긴 어떠세요?"

"글쎄요."

두 사람 다 미간을 찌푸리고 생각만 할 뿐, 별다른 의견은 없어 보였다.

'그게 문제야.'

광고 특유의 오버스러움. 한눈에 각인되는 것이 부족하다.

마치 광고라기보다는 영화의 한 장면 같은 느낌. 특색이 전혀 느껴지지 않는 홈 비디오를 보는 듯했다.

'이게 아닌데.'

차라리 영화 하나를 찍고 티저 영상을 뽑는 게 쉽지 않을까 할 정도……. 여기까지 생각한 순간, 강찬의 뇌리에 무언가가 스쳐 지나갔다.

"어?"

"예?"

"아니, 잠깐만요."

왜 그 생각을 못 했을까.

강찬이 만드는 것은 광고다. 하지만 15초, 30초, 60초. 그리고 3분짜리 풀 버전이 있는 광고다.

즉, 3분짜리에서 엑기스를 뽑아 만드는 것이고 그것은 2시간짜리 영화에서 30초~2분짜리 티저를 만드는 것과 별다를 것이 없었다.

3분짜리 영화를 만든 뒤 거기서 사람들이 궁금해할 만한, 그리고 눈이 갈 법한 영상을 15초짜리로 편집, 연출하면 되는 것 아니겠는가.

'이거다.'

강찬은 영화감독이었으며, 앞으로도 영화감독이 될 것이다.

한데 광고를 만든다고 영화감독이 광고감독이 되겠는가.

'내 스타일로 하면 되는 거였어.'

일단 배우의 연기를 살려서 찍고, 강찬의 장점을 살려 편집하고 연출해 최고의 작품을 뽑아내면 되는 것이다.

고개를 끄덕인 강찬이 벌떡 일어서며 말했다.

"다시 갑시다."

"예?"

"그 아역 배우, 여름이. 집에 갔나요?"

"아뇨. 아직 구경 중일 텐데……."

"대호야, 여름이랑 여름이 어머니 찾아서 죄송한데 페이 더블로 줄 테니까 장면 다시 뽑자고 해. 2시간이면 된다고 하고. 그리고 모시고 오는 동안 지금까지 찍은 거 다시 갈게요."

청천벽력 같은 소리에 스태프와 배우들의 미간이 구겨졌다. 지금까지 고생한 몇 시간이 날아가니 당연한 것이었다.

그리고 그것을 가만 보고 있을 강찬이 아니었다.

"지금부터는 시간당 페이 2배로 드립니다. 연기자분들은 물론이고 스태프분들까지요."

어차피 영일 미디어아츠에서 나온 스태프의 수는 다섯뿐.

법인 카드까지 마음껏 쓰라 한 사람이 이런 것 가지고 무어라 하진 않을 것이었다.

강찬은 확인 사살을 하듯 윤가람 PD를 보며 눈을 찡긋했다.

"그래도 되죠?"

"……그럼요."

강찬의 물음에 윤가람 PD가 대답했고 그것을 들은 이들의 얼굴에 화색이 돌고 미소가 번졌다. 잠깐 사이 분위기가 반전되자 강찬은 짝짝 손뼉을 치며 말했다.

"그럼 바로 스탠바이 갑시다. 배우분들, 아까 제가 이야기했던 거 다 잊으세요. 첫 번째 스토리보드 기억하시나요? 아니면 다시 보서도 되고. 그거대로 갑니다."

강찬이 지금까지 시나리오와 스토리보드를 보며 어색함을 느꼈던 이유는 간단하다.

영화 대본을 써놓고 광고감독의 시선으로 보니 어색하지 않을 리 있겠는가. 하지만 이제는 다르다. 강찬은 영화감독이 되어 티저를 뽑는다는 생각으로 임할 것이었다.

그러니 배우들의 연기도 정극으로 뽑아야 한다.

"자, 준비되셨습니까? 그럼 다시 처음부터 숏 들어갑니다. 신 3, 컷 1, 테이크 1. 레디 큐!"

아까보다 훨씬 힘이 들어간 강찬의 목소리에, 혹은 지금부터

2배로 계산되는 시급에 힘이 난 배우들과 스태프들은 더욱 열심히 일을 하기 시작했고 촬영장에는 활기가 돌기 시작했다.

한 사람, 오늘 나갈 지출을 생각하며 울상이 된 윤가람 PD만 제외한 채로.

강찬은 몸이 두 개여도 모자랄 정도로 바쁘게, 그리고 빠르게 움직였다.

강찬은 그동안 외주를 맡긴 홈페이지가 만들어지는 것을 체크하고, 서대호와 함께 면허 학원을 다녔으며, 동시에 촬영장을 오가며 광고를 제작했다.

창작물을 만드느라 강의에 결석하더라도, 창작물을 제출하면 학점으로 인정해 주는 '창작물 학점 인정제'가 없었다면 강찬은 반 이상의 강의에서 F를 맞고 학사경고를 받았을 것이었다.

강찬이 모자란 부분에 대한 강의는 빠짐없이 들었으나 다른 것들은 들을 시간이 없었기에 어쩔 수 없는 선택이었다.

3월 중순이 지나 넷째 주 수요일.

촬영은 순조롭게 이어졌고 마지막 촬영까지 끝났다.

마지막 촬영을 끝낸 뒤 뒤풀이까지 마친 강찬은 집으로 돌아와 쉬지도 않은 채 곧바로 작업을 시작했다.

강찬은 1번 신부터 6번 신까지 전부 녹화 상태와 녹음 상태를 체크했고 곧 이상이 있는 컷의 번호를 적어나갔다.

"흠."

다른 것들은 어느 정도 넘어갈 만했으나 1번 신은 아예 녹화를 다시 해야 할 정도로 음향이 뭉개져 있었다.

특히 1번 신은 강찬이 눈여겨보고 있는 이여름이 노래하는 장면. 그런 신을 뭉개진 채로 쓸 수는 없었다.

"USB 문젠가."

싸구려 저장장치를 쓰는 게 아니었는데. 쯧, 하고 혀를 찬 강찬은 윤가람 PD에게 전화해 재촬영 일정을 잡았다.

"예. 내일 재촬영 가능할까요?"

-30분만 주세요. 잡아보고 다시 연락드리겠습니다.

"알겠습니다."

윤가람과의 전화를 끊은 강찬은 다시 편집을 이어갔다.

15초, 30초, 60초. 그리고 3분짜리 풀 버전.

5분이 넘는 총 영상 중 버릴 영상은 버리고 슬로우 모션, 컷 분할 등 연출로 살릴 수 있는 부분을 최대한 살려 나갔다.

그렇게 연출에 한창 열을 올리고 있을 때 윤가람 PD에게 전화가 왔다.

"예, PD님."

-내일 오전 11시부터 가능할 거 같은데. 어떠세요?

"예. 그렇게 진행하는 거로 하죠."

-그럼 그렇게 전하겠습니다. 좋은 밤 되세요.

"네. PD님도 오늘 하루 고생하셨습니다."

강찬은 오늘 찍은 영상, 그리고 지금까지 찍은 영상들을 전부 켠 뒤 편집 프로그램을 돌리기 시작했다.

"편집은 괜찮은데."

연출도 괜찮다. 한데 전체적으로 무언가 모자란 게 느껴졌다. 이제 1차 편집본이니 후작업이 남긴 했지만, 그래도 무언가 모자란 상황.

"뭐가 모자란 거지?"

강찬은 기분 나쁜 불편함에 계속해서 영상을 돌려 보았고 이내 깨달았다.

"음악. BGM이 문제구나."

인터넷에서 구할 수 있는 프리소스만 사용했더니 전체적으로 무난한 느낌이 너무 컸다.

광고에서 음악은 광고의 이미지 전체를 판가름할 정도로 중요하다. 광고 기법 중 한 가지로 중독성 짙은 CM송을 넣어 사람들의 머릿속에 각인시키는 방법이 있다.

이를테면 쇼 곱하기 쇼는~ 하는 광고라든가, 살균세탁 하셨나요~ 하는 광고가 있다. 특히 살균세탁 하셨나요~ 하는 광고는 일대 파란을 일으켰을 정도로 거대한 파급력을 자랑했었고.

"그럼……."

강찬은 인터넷을 들어가 자신의 광고와 어울리는 노래를 찾기 시작했다. 노래를 튼 채 영상을 재생해 보고, 또 장면에만 어울리는 노래를 찾기 시작한 지 어언 4시간.

"으어어."

물도 마시지 않은 채 연출에 집중하던 강찬이 기괴한 신음과 함께 기지개를 켰다. 계속해서 이어폰을 낀 채 노래를 듣고 있자니 귓바퀴가 아려올 지경.

강찬은 물이라도 한 잔 마시기 위해 밖으로 나왔다.

'음악을 담당할 사람도 한 사람 구해야겠어.'

강찬은 영화뿐만 아니라 미디어 산업 전체의 흐름을 어느 정도 알고 있었다. 개중에는 가요계의 흐름도 포함된 것은 당연한 일.

미래에 유명했던 가수들, 개중에서도 재능이 뛰어난 이들을 생각하자 수많은 이름이 떠올랐다.

'지금이 2006년이니까…… 이찬휘나 김시경 같은 가수들이 데뷔하기도 전이네. 그런 사람들 찾아서 데뷔시킬 수만 있다면……'

BGM이 문제가 아니라 한국 엔터테인먼트 업계에 지각변동을 일으킬 수도 있을 것이었다.

'엔터테인먼트라.'

엔터테인먼트도 언젠가는 차려야 한다. 기획사와 같은 형태로 아이돌을 운영하진 않겠지만, 적어도 강찬이 발굴해 낸 배우들을 다른 회사에 주긴 아깝지 않겠는가.

'내가 다 해 먹어야지.'

짧게 미소를 지은 강찬의 눈이 순간 동그래졌다.

'그러고 보니 음악 담당할 사람을 굳이 구할 필요 있나? 내가 만들어도 되잖아?'

작사, 작곡은커녕 오선지를 읽는 방법도 모르는 강찬이었지만 지금의 강찬에게는 '발아'라는 능력이 있었다.

그가 하지 못하는, 혹은 잘하고 싶은 능력을 발아시킬 수 있는 능력이.

'음악적 재능도 발아시킬 수 있다면……'

비틀즈의 존 레논이나 스티비 원더 같은 음악가가 될 수도 있지 않을까. 거실에 선 채 기타를 치며 노래를 부르는 흉내를 내던 강찬의 눈이 반짝였다.

'한번 해보자.'

이미 편집 재능이 발아한 상황인 데다 20여 년간의 경험도 있으니 연출이나 편집적으로는 밀릴 거라는 생각이 들지 않았다.

그렇다면 외적인 것으로 승부를 봐야 하는데 그것이 음악이라는 생각이 든 것이다.

방으로 돌아온 강찬은 곧바로 인터넷을 검색해 작곡 프로그램을 내려받은 뒤 작곡을 시작했다.

그렇게 해가 뜨고 6시가 되었을 때, 강찬은 퀭해진 얼굴을 슥슥 문질렀다.

"……역시 안 되나."

아무리 열심히 만들어봐야 인터넷에 널린 공짜 음원보다 못한 것들이 태반이었다. 조금 그렇다 싶은 것들은 전부 어디선가 들어본 표절 멜로디.

짧은 숨을 쉰 강찬은 자신의 뺨을 짝 소리 나게 때렸다.

'첫술에 배부를 수 있나.'

이제 막 시작해놓고 능력이 받아되지 않는다고 실망하다니. 강찬은 고개를 휘휘 저어 아쉬움을 털어냈다.

'할 수 있다. 강찬.'

일단 한숨 자고…… 다시 시작해 보자.

지금 자지 않으면 내일 촬영에 늦게 생겼기에 강찬은 컴퓨터를 끈 뒤 이불을 펴고 누웠다.

하지만 방금까지 너무 집중한 탓일까. 눈을 감고 누웠음에도 눈앞에서는 음표와 악상 기호들이 뛰놀며 각기의 소리를 내고 있었다.

결국, 강찬은 7시가 넘어서야 고른 숨소리를 내며 잠에 들

수 있었다.

다음 날 오전 11시.

늦잠 덕에 지각할 뻔한 강찬은 머리도 감지 못한 채 모자를 쓰고 현장에 나갔다. 다행히 늦지 않고 도착한 강찬은 모든 준비가 끝난 것을 확인한 뒤 다시 촬영에 들어갔다.

"믿을 수~ 있나요~ 나의 꿈~ 속에서."

11살짜리 아이가 부르기엔 오래된 노래이긴 하지만, 그게 또 포인트다. 이여름이 노래를 하며 연기하는 것을 보던 강찬의 입가에 절로 미소가 번졌다.

어떻게 저리 노래를 잘하는지.

"오케이! 컷!"

흡족한 미소를 지은 강찬이 컷을 외쳤다. 시간은 어느새 오후 1시. 이제 반 정도 촬영이 끝났기에 중간에 식사를 해야 할 듯했다.

"자, 그럼 여러분. 식사하고 다시 모이죠. 식사 시간은 한 시간, 그럼 2시에 촬영 재개하겠습니다!"

강찬의 말에 스태프들은 사용하던 장비를 정리한 뒤 삼삼오오 모여 식사를 하러 갔다. 워낙 소규모 촬영이었기에 밥차도 없는 상황.

"뭐 먹지?"

"햄버거나 먹자."

"그래."

강찬과 서대호 또한 밥을 먹기 위해 세트장 근처에 있는 패스트푸드점으로 향했다.

"어, 여름아. 안녕하세요."

두 사람은 그곳에서 이여름과 그녀의 어머니를 만났다. 이여름은 햄버거를 한입 가득 문 채 일어서서 인사했고 그 모습에 강찬과 서대호의 얼굴에 미소가 번졌다.

"여름이 노래 잘하더라."

"감사합니다."

점심시간, 패스트푸드점에는 자리가 없었고 결국 강찬 일행은 이여름 일행과 한 테이블에 앉았다.

"스무 살이라고 하셨죠?"

"예."

"두 분 다 미래대 다니신다고."

"아, 예."

머쓱하게 웃자 그녀가 어머어머, 하며 칭찬을 했고 강찬과 서대호는 이여름의 노래 실력과 연기를 칭찬했다.

화기애애한 분위기 속, 이여름이 눈을 빛내며 물었다.

"감독님도 노래 잘하세요?"

"아니, 난 잘 못 해. 나도 여름이처럼 잘하고 싶은데."

강찬이 미소를 짓자 이여름 또한 미소를 지으며 말했다.

"그럼 우리 학원 같이 다니실래요? 우리 학원 선생님 짱 예쁜데."

이여름의 말에 반응을 보인 것은 강찬이 아닌 서대호였다. 그는 눈을 빛내며 물었다.

"그래? 몇 살이신데?"

"대학생이요! 알바한다고 했어요!"

대학생이고 아이들을 가르치는 알바를 하는 거라면 강찬과 비슷한 또래일 것이었다. 강찬과 서대호가 흥미를 보이자 이여름이 신나서 말을 이었다.

"다음에 꼭 놀러 오세요. 진짜 예뻐요! 막 연예인 같아요."

서대호가 선생님이 얼마나 예쁜지에 대해 묻는 사이, 강찬은 헛웃음을 흘렸다.

저 아이는 과연 자신이 얼마나 아름답게 성장할지, 그리고 얼마나 많은 대중의 사랑을 받을지 상상이나 할 수 있을까.

강찬이 다른 생각을 하는 사이 그의 핸드폰이 울렸다. 확인해 보니 배찬수 과장이었다. 강찬은 양해를 구한 뒤 밖으로 나와 전화를 받았다.

"강찬입니다."

-안녕하십니까. 배찬수 과장입니다.

"예. 어쩐 일이세요?"

-후반 작업은 잘돼가시나요? 어제 끝났다고 들었는데.

"예. 음향 씹힌 게 있어서 재촬영 중입니다. 오늘 거만 찍으면 촬영 일정은 끝날 거 같아요."

-아, 그렇군요. 그럼 1차 편집도 거의 끝나셨겠네요?

"만족할 정도는 아니지만 거의 끝나갑니다. 끝나는 대로 보내 드릴게요."

-예. 그럼 감사하죠. 이번 주 토요일에 홍보 이사님이 뵙자고 하셨어요.

"저를요?"

홍보 이사라면 이번 광고를 제작하게 만든, 실질적인 광고주였다. 백중혁이라는 이름이 영화계에서 갖는 무게는 그것보다 훨씬 컸고.

-둘 다요. 강찬 감독이랑 홍용희 감독까지. 이사님 입장에서는 이번 일을 어떻게든 성사시켜서 UCC 사업부를 만들고 싶어 하시거든요. 내색은 안 하시는데 슬슬 속이 타시나 봅니다.

"기한은 4월 말까지 아니었나요?"

-두 감독 다 촬영 끝난 건 아니니까 얼마나 진행되었나, 진척 상황이 보고 싶으신 모양이십니다. 일단 강 감독은 이번 주 토요일까지 될지 안 될지 모르겠다고 말씀드렸거든요. 의사를

물어봐야 할 것 같아서요.

일종의 중간 점검인 셈이었다.

'나쁠 건 없다.'

백중혁.

한국 영화계에 프로듀스 시스템을 처음 도입한 사람이자 영화계 시스템의 기반을 나선 사나이.

그만큼의 실력과 영향력까지 가진 거물 중 하나였다.

'아니, 더할 나위 없이 좋다.'

지금까지 만든 인맥이 그림을 그리기 위한 붓과 물감이라면 백중혁과의 인맥은 그림을 그릴 수 있는 캔버스, 아니, 영화를 찍을 수 있는 영사기가 되어줄 것이었다.

"이번 주 토요일이라고 하셨죠?"

-예.

"그때까지 1차 편집본, 만들어보겠습니다."

강찬의 대답에 배찬수는 좀 더 밝아진 목소리로 답했다.

-예. 그럼 기다리겠습니다.

남은 기한은 목, 금 이틀. 이미 대부분의 편집을 끝내놓은 상태라 다듬기만 하면 된다.

'문제는 BGM인데……'

당장 급한데 언제 발아할지 모르는 능력을 붙잡고 있을 순 없는 노릇.

'일단 저작권은 무시해야겠네.'

배포용이 아니고, 만약 컨펌된다면 저작권료를 지불할 테니 문제가 될 것은 없다. 고개를 끄덕인 강찬이 패스트푸드점으로 돌아왔을 때, 서대호가 강찬을 바라보며 말했다.

"일요일 날 약속 없지?"

"왜?"

강찬이 자리에 앉자 이여름이 밝은 얼굴로 대신 대답했다.

"조감독님이 그러는데 감독님도 노래 배우고 싶다 하셨다면서요! 그래서 일요일 날 저희 학원으로 오시기로 했어요. 괜찮죠?"

살짝 고민하던 강찬은 이내 고개를 끄덕였다.

아무런 지식이 없는 상태에서 홀로 공부할 바에야 전문가를 만나 이야기를 들어보는 것도 나쁘지 않은 선택이라는 생각이 든 것이다.

'그러다 발아하면 더 좋은 거고.'

"그래, 그러자."

강찬의 대답에 이여름은 와, 하는 환호성을 질렀고 서대호는 보일 듯 말 듯한 미소를 지었다.

토요일 오전, 영일 미디어아츠 본사.

강찬이 이사실 앞 비서실에 도착했을 때는 이미 네 사람이 모여 있었다.

아는 얼굴은 배찬수 과장과 안민영 PD, 모르는 얼굴로는 두 사람. 한 사람은 홍보 1과 김동섭 과장이라 쓰인 사원증을 목에 걸고 있었기에 알 수 있었고, 다른 사람은.

'저 사람이 홍용희구나.'

배찬수 과장과 라이벌인 김동섭 과장과 함께 앉아 있는 이는 굳이 묻지 않더라도 알 수 있었다.

"안녕하세요. 강찬입니다."

"아, 어서 와요, 강 감독. 이쪽은 홍보 1과 김동섭 과장, 이쪽은 이번에 같이 일하게 된 홍용희 감독."

강찬의 예상대로 소개가 오갔고 곧 강찬은 배찬수와 안민영 사이에 앉게 되었다.

"반갑습니다. 홍용희입니다."

홍용희는 30대 초반의 남자였는데 큰 코에 비해 입과 눈이 작은 게 인상적인 사내였다. 그가 먼저 손을 내밀자 강찬 또한 일어서서 악수를 받았다.

악수가 끝나고 앉자 어색한 분위기가 이어졌다.

"들어가시죠."

때마침 비서가 다가오며 말했고 곧 문이 열렸다.

이사실은 생각보다 단출했다.

큰 테이블과 소파. 그리고 집무를 볼 수 있는 테이블이 끝이었다.

대신 한쪽 벽을 채우고 있는 진열장에는 한눈에 셀 수도 없을 만큼 많은 상패와 트로피들이 번쩍거렸고, 반대쪽에는 동서양을 막론한 술들이 사이좋게 진열되어 있었다.

그리고 그 중앙.

"어서 오시게."

호랑이를 닮은 백발의 백중혁이 일행을 맞이했다.

선이 굵은 얼굴과 뻣뻣이 선 흰 모발, 턱을 가득 채우고 있는 흰 수염, 마지막으로 호랑이의 그것과 같은 부리부리한 눈까지.

얼굴을 마주하는 것만으로 사람의 기세가 느껴지는 것은 처음이었다. 침을 꿀꺽 삼킨 강찬은 허리를 숙여 인사했다.

"안녕하세요. 강찬입니다."

강찬의 인사에 굳어 있던 홍용희 또한 인사를 건넸다. 고개를 끄덕이는 것으로 인사를 받은 백중혁 이사가 자리에서 일어서 소파로 이동했다.

자연스레 상석에 앉은 그가 말했다.

"앉지."

백중혁 이사를 중심으로 왼쪽에는 김 과장과 홍용희가, 반대는 강찬 일행이 앉았다.

"반갑네. 영일 미디어아츠 홍보 이사 백중혁일세."

흔히들 동굴 보이스라고 하는 중저음의 목소리가 강찬의 귀에 틀어박혔다.

과거에 태어났다면 필히 장군을 했을 법한 그의 외견에 감탄하는 것도 잠시. 강찬은 정신을 붙잡고 그의 목소리에 집중했다.

"내가 자네들을 부른 이유는 알 거라 생각하네. 뭐 사정 설명할 것도 없으니 거두절미하고, 나는 지금 4명의 이사를 설득할 수 있을 만한 작품이 필요한 상황일세. 그래야 제대로 된 지원을 받을 수 있을 터이니."

강찬이 고개를 끄덕이는 사이, 백중혁의 시선이 강찬과 홍용희를 훑었다. 강찬은 그의 시선을 피하지 않고 눈을 마주했다.

그러자 백중혁이 말했다.

"자네가 이번 미래대 수석이라 했나?"

"전체 수석은 아니고, 영상학부 수석입니다."

"후배를 보니 반갑구먼그래."

백중혁 또한 미래대 출신. 학번으로 따지자면야 거의 50학번이 차이 나겠지만.

'이래서 학연, 학연 하는 거지.'

강찬이 미소를 짓고 고개를 끄덕이는 사이 백중혁이 말했다.

"자네 둘에게 거는 기대가 남달라. 그럼 나머지는 보고 이야기하세나. 함께 봐도 괜찮겠지?"

"예."

"네."

강찬과 홍용희가 거의 동시에 대답했다.

이제 막 시작한 단계라면 서로 표절을 의식해 보여주지 않았겠지만 이미 1차 편집이 끝난 상황. 이제는 표절을 하려 해도 힘든 시기였기에 보여주는 데 있어 거리낌이 없었다.

오히려 강찬은 호승심이 가득한 표정으로 홍용희를 바라보았다.

'실력이 어떨까.'

홍용희가 만든 광고를 찾아보았기에 어느 정도 센스가 있는 건 알았지만 작품마다 질이 똑같을 순 없었다.

더 잘 나왔을 수도, 못 나왔을 수도 있는 상황.

강찬이 기대 어린 눈으로 화면을 바라볼 때, 홍용희의 광고가 재생되었다.

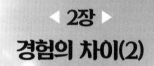

◀ 2장 ▶
경험의 차이(2)

달칵 소리와 함께 커다란 TV 위로 홍용희의 광고가 재생되었다.

주목!

검은 바탕에 빨간 글씨가 나타났다. 그리고 내레이션.

받고 싶지 않으신가요?

화면이 전환되며 어느 정도 이름이 있는, 등급을 따지자면 B급 정도 되는 배우 이정후가 나와 말을 이어갔다. 그의 목소리와 화면이 빠르게 전환되었고 템포가 빠른 음악이 거기에 덧대졌다.

방송!
한 번 해보실래요?
근데!
어려울 것 같다고요?
절대!
그렇지 않습니다.
쉽게! 쉽게!
자신을 어필하세요!
영일 미디어아츠.

짧은 15초짜리 영상이 끝나고 30초짜리, 그리고 60초짜리 와 풀 버전이 이어졌다.

'역시 광고감독이구나.'

절로 고개가 끄덕여졌다. 검은 배경에 빨간 문구는 한 번에 시선을 끌 만큼 부각되었고 문구 또한 간단해 한 번에 기억할 수 있을 정도였다.

'잘 만들었네.'

전작의 성공은 운이 아니었다는 듯 실력을 발휘한 모습이었다.

광고가 끝나자 모두의 시선이 백중혁에게 집중되었다. 그는 살짝 고개를 끄덕인 뒤 말했다.

"잘 만들었네."

긴장한 덕에 참고 있던 숨을 내쉰 홍용회는 자신이 이겼다는 듯 자신만만한 미소를 지으며 강찬을 바라보았다.

그의 시선을 느낀 강찬은 헛웃음을 흘릴 수밖에 없었다. 아직 자신의 영상은 재생도 안 되었는데 벌써 승자의 여유를 부리고 있는 꼴이 우스웠기 때문이다.

이어서 강찬의 광고가 재생되었다.

강찬의 키 카드, 아역 이여름의 얼굴이 클로즈업된 상태에서 발랄한 음악이 흘러나왔다.

이여름은 핑크색 마이크를 들고 톡톡 튀는 목소리로 마법의 성을 부르기 시작했다. 클라이맥스 부분을 빠른 편집과 연출로 슥슥 넘긴 뒤 노래가 끝난다.

그리고 기대와 설렘이 가득한 얼굴의 이여름이 카메라를 향해 인사한 후 카메라를 끄러 달려온다.

카메라가 꺼지는 순간, 하얀 바탕에 검은 글씨로 'MAKE YOUR UCC'라는 문구가 떠오르며 내레이션이 문구를 읽어 준다.

15, 30, 60, 그리고 풀 버전까지 빠르게 재생되었고 마무리

는 모두 같았다. MAKE YOUR UCC라는 문구.

그렇게 강찬의 영상이 끝났을 때.

강찬은 마른침을 삼키며 백중혁의 얼굴을 바라보았고, 그의 입꼬리가 쓱 움직이는 것을 발견했다.

"이것도 좋군."

백 이사는 하얀 턱수염을 쓸며 말을 이었다.

"느낌이 좋아. 배우들의 연기도 잘 끌어냈고. 장면 편집도 아주 자연스럽구먼. 잘 만들었네."

그의 칭찬을 들은 강찬의 얼굴에 환한 미소가 번졌다. 하지만 그것도 잠시.

백중혁이 무언가 아쉽다는 듯 쩝, 하고 입맛을 다셨다. 강찬과 다른 일행의 이목이 집중되었을 때 그가 말했다.

"한데…… 느낌이 안 오는군."

"어떤 느낌 말씀입니까?"

"확실히 잘 만든 건 맞네. 문제는 광고를 보는 느낌이 들지 않는단 걸세. 광고는 무릇 그것에 대한 구매욕, 혹은 궁금한 느낌이 들어야 하는데…… 자네의 것은 마치 감상한 느낌이 들어. 그냥 잘 만들어진 CF를 봤구나, 하는 느낌."

그는 자신의 말을 확인하듯 고개를 주억인 뒤 말을 이었다.

"이를테면 고급 자동차 광고 같은 느낌이라네. 어떤 기능이 있고 어떤 게 좋으니 우리 것을 사라, 가 아니라 우리가 이만큼 고급 브랜드니 우리의 이미지를 보고 사라, 하는 느낌. 무슨 소린지 알겠나?"

강찬은 이해가 될 듯, 안 될 듯한 얼굴로 그를 바라보았다. 그러자 백중혁이 껄껄 웃으며 말했다.

"나쁘다는 건 아닐세. 강찬 학생 스무 살이라고 했지? 아주 칭찬할 만한 재능이야. 한데 목적이 도태된 느낌이라는 뜻이야."

그의 말에 강찬의 미간이 굳었다.

백중혁의 말 그대로 강찬은 영화감독의 시점에서 티저를 만드는 느낌으로 광고를 만들었다. 한데 그걸 한 번 본 것만으로 캐치한다?

굳어진 강찬의 얼굴을 본 백중혁이 말을 이었다.

"한 2% 정도. 그것만 채우면 괜찮겠구먼."

강찬 또한 그 모자란 것을 느끼고 있었으며 채워야 한다 생각하고 있었다. 문제는 상대가 생각보다 강하다는 것.

그렇다고 손가락만 빨다 질 순 없는 노릇이었다.

고개를 끄덕인 강찬이 대답했다.

"해보겠습니다."

강찬이 자신 있게 대답하자 백중혁 이사는 마음에 든다는 듯 고개를 끄덕이며 대답했다.

"그럼 그렇게 하지. 배 과장."

"예."

"자네가 보기엔 어떤 게 낫나?"

자신의 의견을 물을 것이라곤 생각하지 못한 것인지 배 과장의 동공이 방황했다. 하지만 그것도 잠시, 홍보 2과의 과장직을 딱지치기로 딴 게 아니라는 듯 말문을 열었다.

"주관적인 의견은 배제하고서도, 선 상 감독의 광고가 낫다고 생각합니다."

"이유는?"

"두 감독 모두 보내는 메시지는 같았습니다. '당신도 할 수 있다. 그러니 도전해라'라는 거였죠. 하지만 메시지를 보내는 시점이 달랐습니다. 강 감독은 시청자의 시점에서 말했고, 홍 감독은 우리 쪽에서 이야기를 했죠. 저는 그 시점의 차이가 크다고 생각합니다."

강찬 또한 그 차이 때문에 자신이 이길 것이라 생각했다. 다른 모자란 점이 더 크게 자신의 발목을 붙잡을 거라곤 생각 못 했지만.

15초짜리 광고에서 연출이나 편집적인 면에서 우세한 것은 큰 메리트가 아니다. 짧은 시간에 얼마나 어필할 수 있느냐가 중요한 거지.

백 이사 또한 동의했는지 고개를 끄덕이고 있을 때, 이대로 있을 수 없다고 생각한 김 과장이 치고 들어왔다.

"제 생각은 다릅니다. 이번 광고의 목적은 시청자들이 우리를 믿게 만드는 겁니다. 시청자의 입장보다는 전문가의 입장에서 신뢰를 주는 게 옳고, 그런 면에서 홍 감독의 광고가 더 낫다고 생각합니다."

"강 감독의 광고 또한 마지막 신으로 충분히 신뢰를 주었다 생각합니다. 유명 배우보다는 스무 살 청년이 직접 제작한 UCC이며 또 광고라는 게 더욱 가깝게 다가오지 않겠습니까?"

배 과장과 김 과정의 설전이 이어졌다. 흥미로운 표정으로 그들의 말을 듣고 있던 백 이사는 그들의 대화에 불이 붙기 전, 손을 들어 두 사람의 말을 멈추었다.

"그만. 고슴도치도 제 자식은 함함하다고 하는데 직접 데려온 감독들이야 오죽할까. 내가 보기에 지금은 홍 감독의 것이 더 낫다고 보네."

백 이사의 말에 강찬의 미간이 굳었고 홍용희는 입꼬리를 말아 올렸다.

"아직 1차 편집본입니다. 아직 완성된 게 아니고 또 협의를 통해 더 나은 결과물이 나올 겁니다."

"누가 지금 판단한다 했나? 지금은 홍 감독의 것이 더 낫다는 게지."

백 이사의 말에 배찬수 과장의 미간이 씰룩였다. 안민영 또한 같은 상황.

"흠. 강 감독은 어떻게 생각하나?"

"지금 보신 것은 1차 편집본입니다. 날것, 아직 손질 전의 재료나 다름없죠. 4월이 끝나기 전, 이 재료로 진수성찬을 맛보여 드리겠습니다."

"이 친구 보게?"

강찬의 대답이 마음에 드는 것일까, 눈을 동그랗게 떴던 백중혁은 으허허허 하면서 큰 웃음을 터뜨렸다.

"그래, 그럼 홍 감독은 어떤가?"

"이제 갓 데뷔…… 도 아니죠. 데뷔도 안 한, 이제 막 대학생 된 아이한테 설마 지겠습니까."

홍용희의 말에 백중혁은 그저 고개를 끄덕이는 것으로 답을 대신했다. 그러곤 소파에 몸을 묻으며 말을 이었다.

"그럼 4월 말까지 두 감독 모두 힘내주게."

말을 마친 백중혁은 이내 자리에서 일어섰다. 이야기가 끝났다는 모습에 나머지 다섯 사람도 자리에서 일어나 그와 인사를 한 뒤 이사실을 나섰다.

그때 백중혁이 말했다.

"잠깐. 김 과장하고 배 과장, 그리고 안 PD는 나 좀 보지."

"예."

세 사람을 뒤로한 강찬과 홍용희 감독은 이사실 밖으로 나왔다. 그렇게 두 사람이 엘리베이터를 탔을 때 홍용희가 말했다.

"너무 상심하지 마."

"예?"

"아직 데뷔도 안 한 새내기치고는 잘 만들었는데, 상대가 안 좋았을 뿐이니까. 앞으로도 기회는 많을 거야."

강찬의 시선이 자연스레 그의 얼굴로 향하고 조소를 짓고 있는 그의 눈과 마주했다.

칭찬을 가장해 자신의 자존감을 높이는, 참 기분 더러운 화법이었다.

'요놈 봐라.'

강찬의 눈썹이 꿈틀거리는 것을 본 혼용희가 말을 이었다.

"다 경험의 차이지. 이름이…… 강찬이라 했지. 그래, 찬이. 너도 언젠가 경험이 쌓이고 나이를 먹다 보면 나같이 될 수 있을 거다."

어찌 저리 오만할까. 말만 들으면 이미 최종 경합에서 승리한 사람이다.

게다가 강찬 앞에서 경험을 논하다니.

'내가 마흔이 넘었고 영화 밥만 20년이다, 인마.'

순간 열이 뻗치던 게 쑥 내려가며 외려 귀엽다는 생각이 들었다. 그렇다고 서른이 넘은 아저씨를 귀여워할 순 없으니.

강찬은 미소를 지으며 말했다.

"하긴 요즘 광고계에 명성이 자자하시다면서요. 세탁기 광고 잘 봤습니다."

강찬의 미소를 본 홍용희의 얼굴에 의아함이 서렸다. 자신의 말을 이해를 하지 못한 건 아닌 거 같은데 무슨 구렁이 담 넘듯 넘겨 버린다.

"흠, 그래. 그럼 열심히 하고."

"당연하죠. 그럼 결과 발표 날에 뵙겠습니다."

때마침 엘리베이터의 문이 열렸고 강찬은 미소와 함께 고개를 숙여 인사했다. 그러곤 홍용희를 뒤로한 채 엘리베이터를 나섰다.

'기대되네.'

안 그래도 타오르고 있던 호승심에 불이 붙었다.

이번 광고를 공중파로 내보내 인지도를 얻고 욕망을 얻는 게 원래 목적이었다면, 하나가 추가되었다.

한창 주가를 높이고 있는 광고계에 떠오르는 감독을 넘어서는 것.

'그래, 한번 해보자.'

고개를 끄덕인 강찬은 다시 한번 마음을 다잡으며 건물을 나섰다.

다음 날.

강찬은 서대호와 함께 이여름이 다니는 음악 학원을 찾았다.

"얼른 면허를 따든가 해야지."

돌아온 지 거의 1년이 다 되어가는 지금. 지하철과 버스를 타고 다니는 것에 익숙해지고 있긴 했지만, 차를 몰고 다닐 때보다 불편한 것은 어쩔 수 없었다.

운전면허 학원을 다닌 지 2주. 이제 곧 실기를 보고 면허를 딸 수 있을 것이었다.

'차야 이번 광고 인센티브로 뽑고.'

20대의 나이에 멋진 외제 차를 몰아보고 싶기도 했지만, 당장 강찬에게 필요한 차는 봉고 혹은 트럭이었다. 영화 자재를 싣고 다녀야 할 테니.

서대호와 잡담을 나누는 사이, 두 사람은 이여름이 다니는 음악 학원에 도착했다.

[마스터 실용 입시 전문 학원]

"크네."

건물 3층과 4층을 통째로 쓸 정도로 큰 학원이었다. 게다가 누가 어느 기획사에 들어갔고, 어느 대학에 합격했다는 것을 알리는 현수막이 빼곡할 정도로 걸려 있었다.

그것을 본 서대호가 코 밑을 문지르며 말했다.

"엄청 화려하네."

서대호가 놀라고 있는 사이, 강찬은 이여름에게 전화를 걸었다. 전화를 받은 그녀는 지금 나갈 테니 접수처로 올라오라는 말을 했다.

학원으로 올라가는 엘리베이터 안, 강찬의 얼굴에 기대와 긴장감이 서렸다.

'에일렌이 맞기를.'

몸이 두 개라도 시간이 모자란 강찬이 직접 시간을 내어 음악 학원에 찾아온 이유는 음악을 배우기 위해서가 아니었다.

음악을 배우기 위해서라면 차라리 배찬수 과장이나 다른 인맥을 통해 제대로 된 전문가를 찾는 게 빠르다.

그런데도 직접 찾아온 이유.

처음 이여름의 선생님이 대학생이라는 말을 들었을 때까지만 하더라도 별생각이 들지 않았다.

하지만 그날 밤, 뇌리를 스치는 하나의 이름이 있었다.

'맞다. 에일렌!'

배우로 성장하는 이여름과 10살이 넘게 차이는데도 친자매처럼 지내는 사람이 바로 에일렌이었다.

영국인 아버지와 한국인 어머니를 둔 그녀는 중학교부터 한국에서 다닌 혼혈이었다.

에일렌이 일반인이었다면 별다른 이슈가 되지 않았을 터. 하지만 에일렌은 인지도로 따지자면 이여름과 동수를 이룰 정도로 유명한 싱어송라이터였다.

돌아오기 전, 이여름은 에일렌과 함께 출연한 토크쇼에서 '음악 선생님으로 처음 만났어요'라고 말했었다.

즉, 지금 이여름을 가르치고 있는 대학생이 에일렌일 가능성이 있다는 것이고 그것을 확인하기 위해 음악 학원으로 가고 있는 것이었다.

'만약 에일렌이라면.'

이여름과 함께 세트로 묶어 인연을 확보해놓아야 한다. 게다가 그녀의 작사, 작곡 능력이라면 이번 광고의 음악 문제 또한 해결할 수 있을 터.

강찬이 침을 한 번 삼켰을 때, 엘리베이터가 열리고 곧바로 접수처가 보였다.

그 앞에 서서 잠깐 기다리고 있으려니 이제는 익숙해진 이여름과 그녀의 손을 잡은 다른 여자가 그들을 향해 걸어왔다.

강찬의 시선이 자연스레 그녀의 얼굴로 향했다. 그리고 그녀의 얼굴을 확인한 순간.

'역시.'

강찬의 얼굴에 걷잡을 수 없는 미소가 번져 나가기 시작했다.

이여름과 에일렌을 만난 강찬은 커피를 사겠다 말했고 네 사람은 학원 근처에 있는 카페로 이동했다.

간단한 인사와 소개를 마친 강찬은 곧바로 에일렌을 바라보며 말했다.

"제가 광고 하나를 찍고 있거든요."

"네. 여름이한테 들었어요. UCC 쪽 광고라고."

그녀가 고개를 끄덕이며 말을 받아주자 강찬이 말을 이었다.

"촬영도 끝나고 완성 단계인데 아직 BGM을 못 정했어요. 딱 이거다 하고 느낌이 오는 음악이 없더라고요."

"아, 네."

에일렌은 대답은 하고 있지만 그 얘기를 왜 나한테 하냐는 듯한 눈이었다. 강찬은 그녀와 눈을 맞추며 말을 이었다.

"그래서 그런데 BGM 하나 만들어주실 수 있을까요?"

"네?"

상상도 하지 못한 대화의 흐름에 에일렌의 동공이 커졌다. 안 그래도 큰 눈이 화등잔만 해져 튀어나올 것 같았다. 강찬은 쓸데없는 생각을 치우며 말을 이었다.

"3분 정도 되는 광고인데 방금 말씀드렸던 것처럼 CM송이 없어서요."

그녀는 적잖게 당황한 듯 강찬과 서대호, 이여름을 번갈아 바라보며 말했다.

"저를…… 왜요?"

'당신의 재능을 미래에서 보고 왔거든요'라고 말할 순 없기에 강찬은 미소를 띤 채 말했다.

"뭔가 느낌이 왔거든요. 이 사람이라면 내 광고에 딱 맞는 음악을 만들어줄 수 있겠구나 하는."

에일렌은 여전히 당황한 얼굴이었다. 그도 그럴 것이 이제 만난 지 5분이다. 노래를 들려준 것도, 자신이 작곡을 한다는 사실을 말한 적도 없었다. 한데 BGM의 제작을 부탁하다니.

'……뭘 믿고?'

스무 살 대학생이 광고를 찍고 있다는 것도 놀라운데, 그 사람이 자신에게 BGM을 담당해 달라고 하고 있는 것이었다.

에일렌이 대답을 하지 못하자 강찬이 말을 이었다.

"여름이한테 많이 들었거든요. 우리 선생님이 노래도 잘 만들고 노래도 잘한다고."

이여름은 자신이 그런 말을 했나, 하는 눈으로 강찬을 바라보았지만, 그는 애써 무시하며 말을 이었다.

"그런 말을 들어서인지, 에일렌을 보는 순간 느낌이 오더라고요."

"느낌이요……."

"예. 에일렌도 이쪽 계열 사람이니까 그런 순간이 있지 않았나요? 이거다! 하고 삘이 꽂히는 순간이."

그녀는 고개를 끄덕이긴 했지만, 이해를 한 눈은 아니었다.

'그거야 그런데.'

음악을 만들다 보면 그런 순간이 오긴 한다. 하지만 사람에게 꽂힌다니.

'감독이라 그런가?'

그쪽 일을 해본 적이 없으니 알 수가 없었다. 에일렌의 동공이 흔들리는 것을 본 강찬이 말을 이었다.

"기간은 4월 말까지. 그래도 제가 편집은 해야 하니까 4월 중순까지는 마쳐주셨으면 좋겠습니다. 광고 파일은 메일로 보내 드릴 거고……."

"잠깐, 잠깐만요. 아직 한다고 말씀 안 드렸는데……."

에일렌이 말꼬리를 흐리며 손을 저었다. 그러자 강찬은 테이블 쪽으로 몸을 기울이며 말했다.

"계약금 백. 광고가 지상파까지 진출하면 따로 인센티브도 드릴게요."

"백만 원이요?"

"예."

백만 원이라는 금액에 에일렌의 눈이 흔들렸다.

그녀가 음악 학원에서 아이들을 가르치고 있는 이유가 여기에 있었다.

'집안 사정이 힘들었지.'

한국에서 사업을 하던 영국인 아버지가 사업에 실패하고 미국으로 돌아갈 때, 그녀와 어머니는 한국에 남았다.

그 이후 생활고에 시달리던 그녀는 자신이 음악에 재능이 있는 것을 알았지만 가수로 데뷔할 길이 없었다.

게다가 가수로 데뷔하자니 당장 먹고살 길이 막막해진다. 그렇기에 일단 자금을 모으고 있는 것. 그 사정을 아는 강찬이 시작부터 강수를 둔 것이었다.

백만 원이면 대학생, 그것도 아르바이트를 하고 있는 이에게는 굉장히 큰돈이었다.

'내가 나쁜 놈 같은 느낌이 들긴 하다마는.'

어떻게 보면 사람 약점을 이용하는 것처럼 보이겠지만, 강찬은 이용하는 게 아니다.

정당한 대가를 지불하는 데다가 그녀가 더욱더 빠르게 성공 가도에 오를 수 있도록 도와주는 것이었다.

'덤으로 나도 성공하고.'

그것을 알 리 없는 에일렌의 눈에는 의구심이 깃들어 있었다. 자신의 집안 사정을 알 리 없는 강찬이 돈부터 들이미니 당연한 결과.

"왜……."

"부담스러우시면 지금 당장 대답 안 하셔도 괜찮아요."

강찬은 수첩을 꺼내 자신의 핸드폰 번호를 적은 뒤 찢어 주었다. 에일렌은 자신의 손에 들린 종이를 바라보며 말했다.

"아뇨, 잠깐만 생각할 시간을 주세요."

"예. 천천히 생각하세요."

에일렌을 만났다는 것에 흥분해 너무 빠르게 진행한 감이 없잖아 있었다. 하지만 돌아가기에는 시간이 모자랐다.

4월 말까지 백중혁의 마음을 뒤집어놓을 수 있는 결과물이 필요한 상황. 게다가 상대는 광고 전문 감독이다.

에일렌이 천재인 건 맞지만 아직 실력을 보진 못했다. 그녀가 만드는 음악이 강찬과 어울리지 않는 경우도 생각해야 했다.

'그래도 일단.'

돌아오기 전, 그녀가 보여주었던 환상적인 퍼포먼스들을 떠올린 강찬은 기대가 가득한 눈빛으로 에일렌을 바라보았고, 곧 생각을 정리한 에일렌이 입을 열었다.

"일단 고마워요. 나한테서 뭘 본 건지는 모르겠지만 그렇게 생각해 줬다는 것 자체가 고맙네요. 그리고 백만 원. 내 가치를 그 정도로 생각했으니까 제시한 돈이겠죠? 근데 난 그쪽한테 보여준 게 없잖아요."

강찬이 고개를 끄덕이자 그녀가 말을 이어갔다.

"그쪽이 제시한 백만 원을 놓치고 싶지 않아요. 그래도 아무것도 보여준 게 없는 상태에서 그 돈을 받는 건 옳지 않다고 생각해요. 그러니까 자기 PR할 시간을 줘요. 그러고서도 내가 백만 원의 가치가 있다고 생각하면, 그때 계약하죠. 어때요?"

그녀의 말을 들은 강찬의 입가에 미소가 번졌다.

자기 생각이 뚜렷한 데다 그걸 표현하는 방식 또한 부드럽다. 강찬은 곧바로 고개를 끄덕였고 그것을 본 에일렌이 말했다.

"그럼 지금 갈까요?"

"쇠뿔도 단김에 뽑으라고, 가죠."

대화를 마친 두 사람이 자리에서 일어서서 학원으로 향했다. 그리고 순식간에 낙동강 오리 알 신세가 된 이여름과 서대호는 그들의 뒤를 졸졸 따라 걸음을 옮겼다.

서대호와 이여름 또한 그녀의 노래를 듣고 싶은 얼굴이었지만 방음 부스 안이 워낙 좁았기에 강찬과 에일렌 두 사람밖에 들어가지 못했다.

방음 부스에 들어온 그녀는 가방에서 USB 하나를 꺼내 컴퓨터에 꽂으며 말했다.

"어떤 스타일의 음악을 원하는지 모르니까 제일 자신 있는 거로 할게요."

"네. 편하게 하세요."

그녀는 강찬의 말이 무색할 정도로 긴장을 하지 않고 있었다. 파일을 재생하자 잔잔한 전주가 시작되었고, 에일렌은 천천히 허밍을 하며 노래를 시작했다.

"그때, 내가 너를 보았을 때……."

첫 소절을 들은 순간, 강찬은 얼굴에 번져가는 미소를 감출 수가 없어졌다. 그냥 잘하는 게 아니다.

'이러니 데뷔를 안 하고 배겨.'

미디엄템포의 발라드인 줄 알았던 노래는 초반을 넘어감과 무섭게 템포를 올렸고 곧 그녀의 트레이드 마크나 다름없는 파워풀한 성량이 방음 부스를 가득 채웠다.

'와…….'

매번 TV나 매체를 통해 들은 게 전부였기에 '당연히 잘하겠지' 생각은 했지만, 눈앞에서 부르는 노래를 듣는 것은 차원이 달랐다.

'이래서 가수구나.'

팔뚝에서 시작된 소름이 등골로 올라갈 무렵, 그녀의 노래는 클라이맥스를 향해 내달리고 있었다.

그리고 강찬은 확신했다.

'무리해서라도 딜을 건 게 잘한 선택이었어.'

만약 이 사람을 놓쳤더라면, 강찬은 땅을 치고 후회했을 터.

그는 미소를 지은 채 에일렌이 노래하는 모습을 바라보았다.

에일렌이 만드는 음악, 그리고 강찬의 영상이 합쳐진다면 무조건 승리할 수 있을 것이었다.

곧 그녀의 노래가 끝나자 강찬은 자리에서 일어서며 손을 내밀었다.

"계약합시다."

에일렌은 짧은 숨을 내쉰 뒤 강찬의 손을 잡으며 말했다.

"잘 부탁드립니다."

다음 날, 3월의 마지막 주 월요일.

강의가 끝난 강찬과 서대호는 운전면허를 따기 위한 마지막 과정, 도로 주행 시험을 보았다.

먼저 시험을 보고 온 강찬은 합격점을 받은 뒤, 차에서 내렸고 기다리고 있는 서대호에게 말했다.

"형은 합격이다."

"진짜?"

"당연하지."

강찬이 미소를 짓자 서대호는 울상을 지었다. 덩치에 어울리지 않게 긴장을 한 서대호의 어깨를 두들겨 주며 말했다.

"잘하고 와라."

"그래."

잔뜩 긴장한 서대호가 1톤 트럭에 올랐고 곧 강사의 말과 함께 트럭이 출발했다. 불안불안하게 면허장을 빠져나가는 트럭을 보며 벤치에 앉았을 때.

강찬의 핸드폰이 울렸다.

"예, 강찬입니다."

-에일렌이에요. 오늘 시간 되세요?

"예. 시간은 됩니다만. 어쩐 일이세요?"

-노래 시안이 나왔거든요. 메일로 보내 드릴까 하다가 만나서 얘기하는 게 나을 거 같아서요. 앞으로 진행 방향도 정할 겸 이야기 좀 나누고 싶은데 오늘 시간 괜찮으세요?

강찬은 자신의 귀를 의심했다.

어젯밤 집으로 돌아온 강찬은 곧바로 광고 1차 편집본을 메일로 보내주었었다. 그게 오후 8시. 지금이 오후 2시니 이제 18시간이 된 셈이다.

"벌써요?"

-네. 강찬 씨가 보내준 광고를 보다 보니까 어울릴 만한 음악이 막 생각나더라고요. 그래서 만들다 보니까……:

"밤새 만드신 건가요?"

-네. 자주 새워서 괜찮아요.

밤을 새운 게 문제가 아니다. 그 안에 광고에 어울릴 만한 음악을 만들었다는 게 문제지.

너무 짧은 시간에 만들어낸 것만 보면 퀄리티가 의심이 되기도 했지만, 노래를 만든 사람이 에일렌이었다. 의심을 접어둔 강찬이 답했다.

"그럼 1시간 정도 뒤에 시내에 있는 카페에서 볼 수 있을까요?"

-네. 그럼 한 시간 뒤에 만나요.

전화를 끊은 강찬이 믿을 수 없다는 눈으로 핸드폰을 바라보았다. 강찬 자신이야 20년이라는 경험이 있으니 그렇다 쳐도.

'이게 진짜 천재가.'

일단 만나보면 알 수 있을 것이다. 백만 원이라는 돈에 눈이 멀어 빠르게 만든 음악인지, 아니면 진짜 광고를 보고 영감을 받아 만든, 강찬이 원하는 음악일지. 강찬이 생각에 잠겨 있을 때.

끽!

서대호가 몰고 있는 1톤 트럭이 면허장으로 들어온 것이 보였다. 급정거를 한 덕에 주변의 시선이 모두 그쪽으로 쏠려 있었다.

"하여간."

곧 차에서 내린 서대호는 강사와 잠시 대화하고는 허리를 접어가며 인사를 했다. 만면에 미소가 가득한 것을 보니 합격한 모양.

그 모습에 강찬이 뭐라 말을 하기도 전에 서대호가 강찬을 향해 달려오며 소리쳤다.

"합겨어어억! 으하하하."

가만히 두면 강찬을 껴안을 기세였기에 강찬은 한 걸음 물러서며 축하를 전했다.

그런데도 서대호는 강찬에게 달려들어 자신의 감정을 온몸으로 전했고, 강찬은 운동의 필요성을 절실히 느꼈다.

잠시 후, 벤치에 앉아 음료를 마시던 서대호가 말했다.

"이제 뭐 할 거냐."

"오늘 약속 있어."

"아, 그 광고 때문에?"

"아니. 에일렌."

"뭐? 진주는 어쩌고?"

"그런 거 아니야."

강찬의 말을 귓등으로 흘린 서대호가 하, 하고 부럽다는 듯 짧은 숨을 내쉬며 말했다.

"우리 강찬이 인생에도 봄날은 오는구나. 내 님은 어디 계실까."

서대호의 궁상에 강찬은 헛웃음을 흘리며 말했다.

"BGM 완성했대."

"벌써?"

"그러니까."

"가라로 했…… 으면 만나자는 말을 안 했겠지. 그럼 진짜 자신이 있다는 소린가?"

강찬은 어깨를 으쓱였고 서대호 또한 허, 하고 강찬을 바라보았다.

"유유상종이라더니."

"뭔데 사자성어를 욕같이 하냐."

"욕 맞는데."

강찬이 서대호와 아웅다웅하는 사이, 문득 생각이 들었다.

'그러고 보니 대호 제수씨는 어떻게 되는 거지?'

돌아오기 전, 서대호는 대학생 때 만난 제수씨와 10년이 넘게 연애를 하다가 결혼에 성공했다.

하지만 돌아온 후, 서대호의 대학이 달라졌다. 즉, 두 사람이 만날 수가 없어졌다는 것이고 두 사람의 인연이 끝났다는 말이 된다.

'흠.'

지금으로서는 알 수 없었다. 강찬에게 능력을 주었던 '그녀'가 다시 나타난다면 물어보든가 해야 할 터.

강찬이 생각에 빠진 사이, 서대호는 술이나 마셔야겠다며 친구들에게 전화를 돌리기 시작했다.

서대호와 헤어진 후, 강찬은 집에 들러 노트북을 챙긴 뒤 카페로 향했다. 음료 하나를 주문한 강찬은 벽돌만큼 무거운 노트북을 편 뒤 부팅이 되길 기다렸다.

'한 10년만 후딱 갔으면 좋겠네.'

앞으로 10년 안에 IT 기술은 비약적으로 발전한다.

흉기로 써도 훌륭한 역할을 할 것 같은 노트북은 1kg도 안되는 무게로 24시간 이상 사용이 가능해지고 한 손에 들어오는 핸드폰이 컴퓨터를 대신하게 된다.

'별수 없지.'

이가 없으면 잇몸으로. 기술이 없으면 몸으로 때워야 하는 게 맞다.

강찬이 영화 편집 프로그램 하나를 돌리는 데 골골거리는 노트북과 씨름을 하는 사이, 딸랑- 하는 차임벨 소리와 함께 에일렌이 들어왔다.

보기 좋은 구릿빛 피부를 감싸고 있는 흰 캐릭터 티셔츠와 청바지가 인상적이었다. 진짜 미녀는 청바지에 흰 티만 입어도 빛난다 하던가. 에일렌이 딱 그랬다.

물론 아직 날이 쌀쌀한지라 흰 티 위로 체크무늬 셔츠와 가죽 재킷을 걸치고 있긴 했지만. 거기에 서구적인 외모와 풍성한 검은 머리까지 합쳐지자 잡지의 한 페이지를 보는 것과 같은 느낌이 들었다.

그녀는 강찬의 테이블에 와서 입고 있던 재킷을 벗으며 앉았다.

"작업하고 계셨어요?"

"예. 아직 후반 보정 작업이 남아서."

고개를 끄덕인 에일렌은 곧바로 노트북을 꺼내 세팅하며 말했다.

"제가 영상에 음악을 넣는 방법을 몰라서요. 일단 영상 재생하고 노래는 따로 틀었거든요. 한번 보세요."

"예."

그녀는 자신의 작업물을 어서 보여주고 싶은 건지 곧바로 이어폰을 들이밀었다. 에일렌과 이어폰을 나누어 낀 강찬은 그녀의 작업물에 집중했다.

광고 영상이 시작되고 이여름이 나와 마법의 성을 불렀다.

그사이, 동요와 같은 단순한 멜로디가 강찬의 귀를 간질였다. 그러다 마법의 성이 시작되니 자연스럽게 멜로디가 사라졌고, 이여름의 노래가 끝나자 서서히 볼륨이 커지며 다시 음악이 시작되었다.

'확실히 산다.'

백중혁 이사가 말했던 2%를 에일렌의 음악으로 채웠다. 아니, 100%를 넘어 150%의 시너지를 내고 있었다.

그 전이 광고라는 목적이 돋보이지 않았다면, 지금은 음악을 통해 배우의 연기와 연출, 심지어는 배경 세트까지 모든 것이 부각되며 다가오고 있었다.

'이게 잘 만든 BGM의 힘이지.'

영상이 음식이라면 음악은 MSG와 같다. 없으면 밋밋하고 너무 과하면 부담스럽다. 그 정도를 맞추는 게 중요하고, 또 음악가의 능력인데 에일렌은 그 조절을 완벽하게 해내고 있었다.

마지막 장면, 'MAKE YOUR UCC' 하는 강찬의 내레이션과 함께 단조로웠던 멜로디가 강하게 몰아치며 끝났다.

"와."

"어때요?"

"방금 말했잖아요. 와. 천재세요?"

강찬의 물음에 에일렌이 살짝 눈을 흘기며 물었다.

"칭찬이죠?"

"그럼 욕일까 봐요. 진짜 좋은데요?"

음악 하나로 광고 영상 전체의 느낌이 달라졌다. 역시 에일렌에게 맡기는 것이 답이었다. 음악적 재능을 발아시키는 것도 방법 중 하나겠지만.

'지금은 아니야.'

언제 발아할지도 모르는 걸 붙잡고 있을 시간은 없었다. 인재를 적재적소에 배치하는 것 또한 능력.

"다른 것도 들어보실래요?"

그녀가 만든 버전은 하나가 아니었다. 좀 더 느린 템포와 더 빠른 템포, 그리고 아예 장르가 달라질 것 같은 기괴한 음악까지. 총 4개가 있었다.

네 가지 모두 색다른 매력이 있었고 그것만으로도 광고 전체의 이미지를 바꾸어놓을 수 있는 힘을 가지고 있었다.

"이걸 하루 만에 만든 거예요?"

"광고를 보니까 딱, 그…… 강찬 씨가 얘기했던 느낌 있잖아요. 그런 게 오더라고요. 이런 음악이 들어가면 잘 어울리겠다 하는 게. 그래서 만들다 보니 이 시간이 됐네요."

자기가 천재라는 걸 돌려 말하는 건가.

굳이 입 밖으로 내지 않은 강찬은 다른 것을 물었다.

"설마 풀 버전도 완성하셨나요?"

"아뇨, 아직요. 일단 오늘은 어떤 느낌으로 갈지 듣고 싶어서 온 거예요."

"제가 볼 땐 맨 처음 음악이 제일 좋았던 것 같아요. 발랄하고 단조로운 게 광고 이미지랑도 맞고, 딱 광고에 집중하게 해주는 느낌. 아쉬운 게 있다면 좀 더 튀어도 될 거 같아요. 약간 3번하고 섞이면 괜찮을 거 같은데. 가능할까요?"

말을 마친 강찬이 어색하게 웃었다.

자기가 말하고 있는 게 배찬수 과장, 즉 광고주와 별다를 게 없는 것처럼 느껴졌기 때문이었다.

하지만 머릿속에 있는 그 느낌적인 느낌을 최대한으로 설명한 것이었기에 어쩔 수 없었다.

"일단 해볼게요. 완성되는 대로 메일로 보내고 문자 드릴게요. 그럼 될까요?"

"예."

느낌이 좋다. 아니, 좋은 정도를 넘어섰다.

'이 정도면 공중파 3사는 무조건이다.'

인터넷에 광고가 걸리고, 반응이 좋으면 공중파로 진출한다 했으니 아마 6월 내로 공중파에서 방송이 시작될 터.

'그럼 6월부터는 영화 촬영 들어갈 수 있겠는데.'

CF의 반응이 좋고, 그것을 본 이가 강찬에게 투자를 하게 만들기 위해서는 '우리들'이 아닌 새로운 작품이 필요하다.

그들을 타깃으로 한, 강찬이 상업 영화도 흥행시킬 수 있을 거라는 믿음을 줄 수 있는 작품.

그것을 만들 발판은 완성되었다.

강찬이 만족스러운 미소를 지은 채 에일렌을 바라보자 그녀 또한 숙제를 마친 어린아이처럼 해맑은 미소를 지었다.

에일렌을 만난 뒤, 사흘이 흘러 3월의 마지막 주 금요일이 되었다.

강찬은 오랜만에 대학에 나가 강의를 듣고 있었다. 하지만 말 그대로 듣고만 있을 뿐, 집중을 하고 있진 않았다.

수업의 내용이 촬영 기법에 대한 것이었기 때문. 혹시나 모르는 게 있을까 해서 집중해서 들어보긴 했지만, 초심자들을 위한 설명이 주를 이루었기에 금세 지루해졌다.

'차기작도 슬슬 구상해야겠는데.'

에일렌의 음악 덕에 광고에 대한 시름을 덜어내자 그의 머릿속에는 차기작에 대한 고민이 차오르기 시작했다.

강찬이 영화 촬영에 운용할 수 있는 자금은 최소 천만 원.

그것조차 생활비로 까먹고 있는 실정이니 최대한 빨리 다음 작품을 만들어 자신의 가치를 입증한 뒤 투자자들을 모아야 했다.

그러기 위해서 필요한 것은 저예산으로 고수익을 뽑아낼 수 있는 영화.

'쏘우가 있었지.'

120만 달러의 제작 비용으로 총 수익 1억 달러 이상을 낸 어마어마한 작품이자 제임스 완이라는 이름을 세계에 알린 작품이었다.

'120만 달러면 1억······.'

쏘우를 생각하던 강찬은 이내 고개를 휘휘 저었다. 공포라는 장르가 우리나라에서는 성공하기 힘들기에 투자자들을 끌어모으기에 적당하지 않았다.

우리나라에서 통하는 코드는 코미디와 감동이다. 혹은 조폭과 검·경찰의 유착 등을 다룬 세태 비판식의 느와르 영화라거나.

두 코드를 대표하는 영화를 따지자면 코미디는 '가문의 영광'이나 '웰컴 투 동막골'이 있고, 느와르는 '신세계'나 '부당거래' 등이 있었다.

노트에 영화의 제목을 끄적이던 강찬은 '느와르'라는 세 글자에 동그라미를 친 뒤 돼지 꼬리를 빼내 '테이큰' 그리고 '아저씨'라고 적었다.

'제작비를 아끼려면 배우는 원 톱으로 가야 해.'

적절한 스토리와 연출, 그리고 시선을 빼앗는 액션을 연출해 낼 수 있다면 적은 제작비로도 그럴듯한 영상을 뽑아낼 수 있을 것이다.

게다가 스릴러, 느와르 장르만큼 감독의 역량을 타는 장르도 드물었다. 편집과 연출을 잘못해 장면이 루즈해지는 순간 관객의 몰입이 깨지게 된다.

'다시 찍어보고 싶기도 하고.'

강찬이 돌아오기 전, 배급사의 딸년 때문에 망했던 영화 '하루' 또한 느와르 장르였다. 빛도 보지 못하고 로맨스 코미디가 되어버리고 말았지만.

그때 맺지 못한 결실을 새로운 시작으로 맺는 것도 나쁘지 않을 터. 결정을 내린 강찬은 고개를 끄덕이며 '느와르' 글자에 체크 표시를 했다.

'그럼 제일 먼저 필요한 게 배우, 그리고 무술 감독인가.'

잘나가는 무술 감독들의 이름을 떠올리던 강찬은 이내 고개를 휘휘 저었다. 그들을 데려오기 위해서는 제작비 천만 원을 전부 주어도 모자랄 것.

강찬은 노트 위에 '무술 감독'이라는 글자를 쓴 뒤 물음표를 붙였다. 어설픈 액션으로는 관객의 눈을 끌지 못한다.

편집과 연출로 화려해 보이게 만들 순 있겠지만, 말 그대로 미봉책일 뿐 제대로 된 영상을 뽑을 순 없을 것이다.

'이건 문젠데.'

강찬이 기억하는 배우와 감독, 가수나 스태프들은 셀 수도 없이 많았다. 하지만 제대로 된 무술 감독 중 그의 기억 속에 있는 사람은 단 한 명뿐이었다.

하지만 그 사람은 이미 대가의 반열에 올라 있는 상황.

고개를 주억이던 강찬은 핸드폰을 꺼내 전화번호부를 뒤져 보기 시작했다. 저번 미래 단편제 시상식 때 받은 수많은 사람의 번호가 그의 핸드폰에 저장되어 있었다.

지금까지 쌓아온 인맥을 사용할 때가 온 것.

쓱쓱 내리며 이름을 훑던 강찬의 손이 멈추었고 그의 시선 끝에는 '봉준혁 감독'이라는 이름이 걸렸다.

강찬이 존경해 마지않는 감독 중 하나가 봉준혁이다. 그의 멋진 대본과 스타일리쉬한 연출을 보고 배우려 그의 작품을 수없이 돌려 본 적도 있을 정도.

관객의 눈을 빼앗을 정도로 화려한 액션을 연출하는 봉준혁이라면 분명 실력 있는 무술 감독을 알고 있을 것이다.

봉준혁과 일하는 실력 있는 무술 감독을 캐스팅하진 못하더라도 그의 소개를 받을 순 있을 터.

'문제는 이야기를 나눌 수 있냐가 관건인데.'

일단 만나서 이야기를 나눌 수만 있다면 그의 능력인 '연설'을 통해 원하는 방향으로 대화를 끌고 가, 무술 감독이라는 단어라도 꺼내볼 수 있을 것이었다.

핸드폰을 쥔 채 고민하던 강찬은 이내 고개를 끄덕였다.

학교 후배가 물어볼 게 있어 연락했다는데 다짜고짜 쌍욕을 하진 않을 테니, 일단 전화라도 해보는 게 맞다.

'안 되면 영일에 비비지 뭐.'

생각하는 사이 강의가 끝났고, 다음 강의 장소로 이동하는 동안 전화를 걸었다. 하지만 봉준혁은 바쁜지 전화를 받지 않았다.

아쉬운 듯 짧게 혀를 찬 강찬은 메시지를 작성하기 시작했다.

-안녕하세요. 미래 단편제 시상식 때 뵀던 대학생 강찬입니다. 영화 제작에 관련해 질문드리고 싶은 게 있어서 이렇게 연락드립니다. 편하신 시간에 연락 주시면 감사하겠습니다. 그럼 좋은 하루 되세요.

평소에도 존경해 마지않았던 감독에게 문자를 보내는 것은 묘한 기분이었다. 다 쓴 메시지를 몇 번이나 읽어본 강찬은 이내 전송 버튼을 눌렀다.

메시지가 전송된 것을 확인한 강찬은 어느새 다음 수업 강의실에 도착했다. 강의실에 도착한 강찬이 자리에 앉고 얼마 지나지 않아 다른 수업을 듣고 온 서대호가 들어와 그의 옆에 앉았다.

"야, 나 여자 친구 생길 거 같아."

"요즘 다단계가 기승을 부른다더라. 걔가 1박 2일로 어디 가자 그러면 절대 가지 마."

"……그런 거 아니거든. 들어봐."

서대호는 어제 있었던 미팅에 대해 떠들기 시작했고 강찬은 건성건성 그의 말을 들어주었다.

"그런데, 딱 보는 순간 느낌이 온 거야. 네가 에일렌한테 했던 말처럼. 와, 이 사람이구나 하는 그런 느낌!"

"예예."

"근데 걔랑 딱 눈을 마주쳤는데 걔도 그런 눈을 하고 있더라니까?"

"지금 내 눈이랑 비슷하지 않디?"

"지금 네 눈이 어떤 눈인데."

"세상에, 다윈의 진화론은 사실이었어. 내 눈앞에 진화가 덜 끝난 인간이 걸어 다니…… 켁."

무력으로 강찬의 말을 끊은 서대호가 다시 말을 이었다.

"그런 게 아니라니까. 네가 혜지 눈을 봤어야 하는데."

"뭐?"

"뭐가."

"혜지? 윤혜지?"

"어? 네가 혜지를 어떻게 알아."

이름을 들은 순간, 강찬의 입이 떡 벌어졌다.

'어떻게 아냐니. 돌아오기 전의 네 아내였으니까 알지!'

"세상에."

"왜, 뭔데. 네 전 여친이야? 아닌데. 걔 지방에서 올라와서 서울에 아는 사람 없다고 했는데."

강찬은 느껴지는 기시감, 그리고 돌아오는 소름에 팔뚝을 문질렀다. 돌아오기 전, 서대호가 윤혜지를 만났을 때도 똑같은 소리를 했었다.

'맙소사.'

강찬의 능력으로 인해 서대호의 삶의 방향이 완전히 틀어졌다. 그런데도 두 사람은 만난 것이다.

'결국, 같은 미래를 향해간다는 건가.'

아니…… 그건 아니다. 당장 지금만 하더라도 강찬과 서대호의 인생이 달라지고 있었으며 새로운 인연들이 수도 없이 생겨나고 있었다.

'운명이라는 건가.'

다른 말로는 설명할 수 없는 상황이었다. 언젠가 만날 '그녀'에게 물어보는 것 외에 이 궁금증을 해결할 방법은 없다.

멍하니 서대호의 얼굴을 보던 강찬은 고개를 휘휘 저어 생각을 털어냈다.

생각을 털어내고 나니 윤혜지에게 잡혀 살던 서대호의 얼굴이 떠올랐다. 항상 '혜지한테 물어보고……'를 입에 달고 살던 그의 모습이 오버랩되며 측은한 마음이 들긴 했지만.

'말릴…… 필요는 없겠지.'

만약 불화나 문제가 있었다면 필사적으로 말렸겠지만, 돌아오기 전 서대호의 얼굴에서 그런 낌새를 본 적은 없었다.

강찬이 생각에 잠긴 사이 서대호는 의아함을 넘어서 무섭다는 눈으로 강찬을 바라보고 있었다.

그 모습에 순간 장난기가 돈 강찬이 허공을 응시했고, 그런 모습에 서대호는 강찬에게서 몸을 멀리 두며 물었다.

"왜 그래, 무섭게."

"나 미래를 봤어."

"……뭐?"

"윤혜지라는 여자가 너를……."

"어, 혜지가 나를."

"데리고 다단계에 들어가는…… 켁."

진지한 표정으로 듣고 있던 서대호가 욕설을 뱉으며 강찬의 목을 조르기 시작했고 강찬은 켁켁 거리면서도 웃기 바빴다.

그때 강찬의 핸드폰이 울렸다. 번호를 보니 봉준혁. 강찬은 어떻게든 서대호를 떼어낸 뒤 전화를 받았다.

"예, 강찬입니다."

-아, 강찬 학생. 저 봉 감독이에요.

"예. 반갑습니다."

-그런데 문자 무슨 소리예요? 오늘 따로 시간 내달라는 건가?

"예?"

'오늘이야 그렇다 쳐도 따로는 무슨 말이지?'

강찬이 의아하게 되묻자 봉준혁이 말했다.

-오늘 양 교수가 영상학부 학생들 데리고 견학 온다고 했거든요. 강찬 학생은 안 와요?

강찬의 머릿속에 흩뿌려져 있던 퍼즐들이 빠르게 자리를 찾아가며 이내 큰 그림이 보였다.

"오늘은 여기까지. 이달 말에는 영화 촬영장 견학 있습니다. 나눠 준 프린트 잘 보고. 빠지는 사람 없도록 하세요."

저번 영상의 이해와 이론 강의 첫 강의 때 양 교수가 말했던 것이 기억난 것이다. 그때 어떤 학생이 '어떤 감독의 촬영장을 가느냐' 물었지만, 교수는 '비밀이다'라 대답해 잊고 있던 것이었다.

"아, 갑니다. 저도 가요."

강찬의 반응을 들은 봉준혁이 하하하, 웃으며 답했다.

-양 교수 그 사람 또 학생들한테 말 안 해줬나 봐요? 알았어요. 그럼 한 시간 뒤에 촬영장에서 봅시다.

"예!"

강찬의 대답과 함께 전화가 끊겼다. 전화를 받지 못했던 건 영화 촬영 중이라 그랬던 모양이다. 강찬이 전화를 끊자 서대호가 물어왔다.

"대통령 전화야? 뭐 그렇게 공손하게 받아."

"봉준혁 감독님."

"봉준혁 감독님이면 전에 미래 단편제 시상식에서 봤던 그분 맞지? 곱슬머리 묶고 다니시는 분."

"맞아."

"그분이 왜?"

서대호의 물음에 강찬은 씩 미소를 지었고 그사이 양 교수가 들어왔다. 서대호는 궁금한지 목소리를 줄여 계속 물었지만, 강찬은 대답하지 않았다.

그사이 단상에 선 양 교수가 말했다.

"오늘은 저번에 말했던 대로 영화 촬영장 견학을 갈 거예요. 그동안 궁금했죠? 어느 영화 촬영장 가느냐고. 우리는 봉준혁 감독님의 '우아한 내일' 촬영장으로 갑니다."

교수의 말에 몇몇 학생이 환호했고 강찬과 서대호는 서로를 바라보았다.

"아, 그래서…… 는 그렇다 치고 봉 감독님이 너한테 전화를 왜 해?"

강찬이 그에게 무슨 일이 있었는지에 대해 설명하는 사이 교수가 출발을 알렸고, 학생들 또한 교수의 뒤를 따라 촬영장으로 이동했다.

'인연이 이렇게 되나.'

일이 잘 풀리려는 징조인지 착착 아귀가 맞아떨어지는, 기분 좋은 느낌이었다.

제대로 된 촬영 현장은 오랜만이었다.

수많은 스태프가 하나의 유기체처럼 감독의 말을 따르는 현장은 바라보고 있는 것만으로도 가슴이 뛰었다.

"오케이! 한 배우 바스트 샷으로 갈게요."

"NG! R3 조명 좀 위로 올립시다."

촬영, 조명, 음향 등 수많은 기계와 스태프들이 한 치의 오차도 없는 톱니바퀴처럼 돌아가는 장면은 언제 보아도 장관이다.

서대호 또한 강찬과 비슷한 감정을 느꼈는지 강찬의 곁으로 다가오며 말했다.

"멋있다."

"우리도 이런 현장에서 일할 날 얼마 안 남았으니까 잘 봐둬."

"벌써?"

앞으로 1년.

그 안에 이름을 쌓고 투자를 받아 상업 영화를 시작해야 한다. 100억 명의 욕망을 얻어야 하는 강찬의 입장에서 그 이상의 시간을 낭비할 순 없었다.

"저기 봉 감독님 옆에 검은 모자 쓴 사람 보이지. 저분이 AD분이거든."

강찬의 말에 서대호는 눈으로 AD를 찾으며 물었다.

"어떻게 알아? 아는 분이야?"

"아니, 감독님이 뭔가 지시를 할 때면 항상 저분을 통하더라고."

"그래?"

AD. 즉, 조감독은 감독의 입이자 손이고 눈이자 귀다.

작게는 감독의 말을 전하는 일부터 크게는 스태프들의 통제, 영화의 편집 과정까지도 맡아 하는 말 그대로 조감독(助監督). 감독의 모든 것을 돕는 이다.

강찬의 말을 들은 서대호는 조감독의 일거수일투족을 눈으로 좇기 시작했다. 그사이 강찬은 수첩을 꺼내 든 뒤 촬영 현장을 바라보았다.

큰 냉동 창고를 배경으로 한 세트 안, 세 명의 배우가 각자 연기를 펼치고 있었다.

'나라면 팬보다는 트랙을 썼을 거 같은데.'

촬영 기법 중 하나인 팬은 카메라 위치는 고정되고 앵글만 좌에서 우로, 우에서 좌로 촬영하는 기법이며 트랙은 피사체가 좌우로 움직이며 카메라가 함께 좌우로 이동하면서 촬영하는 기법이다.

'아예 달리를 쓰는 것도 나쁘지 않을 것 같고.'

촬영의 구도와 방식, 그리고 연출은 감독의 시그니처나 다름없다.

똑같은 배우를 데리고 똑같은 장면을 촬영한다 하더라도 찍는 감독마다 영상은 다 다르게 나오게 마련.

봉준혁이 찍는 방법이 틀린 것이 아니라 강찬과 다른 것뿐이다.

강찬은 자신이라면 어떤 구도로 어떻게 촬영을 했을지 상상하며 수첩에 스토리보드를 그려 나가기 시작했다.

그사이 학생들은 배우들을 보며 자기들끼리 수군거리고 있었다.

"와, 송인섭 가까이서 보는 거 처음이야."

"엄청 잘생겼다."

"예소진 비율 봐. 어떻게 저렇게 작은 얼굴에 이목구비가 다 들어 있지?"

"쩐다."

그들의 말대로 두 배우의 얼굴에서는 빛이 나는 듯했다. 거기에 촬영용 조명까지 더해지니 두말할 것 없었다.

조명 아래 빛나는 송인섭의 얼굴을 보던 강찬이 수첩을 든 채 팔짱을 꼈다.

'송인섭이라……'

곧 드라마를 찍으며 톱 배우의 반열에 오를 배우지만 그를 보는 강찬의 눈은 차갑기 그지없었다. 지금까지 인재들만 보면 어떻게든 인맥을 쌓으려던 모습과는 다른 상황.

거기에는 이유가 있었다.

'여성 편력에 음주운전. 결정적으로 마약까지 있었지.'

강찬이 기억하는 것만 해도 이 정도였다. 인성만 아니라면 꼭 데려가고 싶은 배우긴 했지만, 영화를 찍는 도중 남자주인공이 교도소에 들어가 영화가 터지는 건 사양이었다.

"오케이! 컷! 83에 11 테이크 9 끝!"

봉준혁 감독의 컷 사인이 떨어졌다. 아예 신 자체가 끝난 것인지 배우들이 이동하고 세트의 세팅이 다시 이루어지고 있었다.

그사이 봉준혁 감독이 자리에서 일어나 강찬 일행이 서 있는 곳으로 다가왔다. 그는 인솔 교수에게 먼저 인사를 한 뒤 학생들을 바라보며 말했다.

"많이 기다리셨죠. 죄송합니다. 촬영이 빡빡하다 보니. 여하튼 간에 반갑습니다. 감독 봉준혁입니다."

학생들의 박수 소리가 쏟아지고 그의 말이 이어졌다.

"여러분이 여기, 그러니까 미래대 영상학과에 지원해 촬영 현장에 왔다는 건 언젠가 자신의 손으로 영화를 만들고 싶다는 뜻이겠죠? 누군가는 감독을, 누군가는 조명을, 누군가는 음향을 다루면서요."

미리 준비해 둔 것인지 차분한 목소리가 부드럽게 이어졌다. 봉준혁은 자신의 손을 맞잡으며 말을 이었다.

"영화를 배우는 데 있어 가장 중요한 게 뭘까요? 저는 실전이라고 생각합니다. 그래서 제가 미래대를 아주 좋아하죠. 미래대의 교육은 철저히 실전 위주거든요. 오늘 견학을 수락한 것도 그것 때문이죠. 현장은 어떻게 흘러가는지, 내가 영화 제작 현장에서 하고 싶은 일이 무엇인지, 무엇보다 현장의 공기는 어떤지를 느끼게 해주고 싶었거든요."

말을 마친 봉준혁 감독은 짝짝 박수를 쳤다. 그러자 그의 뒤로 여러 사람이 다가왔다.

"왼쪽부터 조명, 편집, 음향, 촬영 팀의 마스터 치프들입니다. 앞으로 한 시간 동안, 자신이 관심 있는 분야의 마스터 치프와 함께 촬영장을 돌며 많은 것을 배우세요. 마지막으로 연출은 절 따라오시면 됩니다. 이상."

그의 말이 끝나자 짧은 박수가 이어졌고 곧 학생들은 자신이 배우고자 하는 사람에게로 발걸음을 옮겼다.

강찬은 자신을 바라보며 미소를 짓고 있는 봉준혁에게로 걸음을 옮겼다.

그리고 그때, 송인섭 또한 강찬을 발견하고서는 환한 미소를 지으며 그에게로 걸어오기 시작했다.

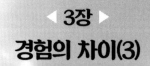

◀ 3장 ▶
경험의 차이(3)

　강찬이 봉준혁 감독에게 도착했을 때, 송인섭 또한 두 사람에게 도착하며 말했다.

　"이 학생이 봉 감독님이 전에 말씀하셨던 그 학생인가요?"

　"아, 맞아요. 이쪽은 미래대 영상학부 수석 강찬 학생, 이쪽은 요즘 최고의 주가를 달리고 있는 송인섭 배우."

　악수와 함께 간단한 인사를 나눈 송인섭이 강찬의 손을 놓으며 말했다.

　"봉 감독님한테 이야기 많이 들었어요. 봉 감독님이 주당인 거 알죠? 술만 먹으면 내 후배 중에 강찬이라는 애가 있는데~ 하면서 말이에요."

　강찬이 의외라는 얼굴로 봉준혁을 바라보자 그가 어색하게 웃으며 말했다.

"하하, 내가 그랬었나?"

"예. 오죽하면 내가 처음 보는 강찬 학생을 알아보겠어요. 강찬 학생 보는 순간 얼굴에 웃음꽃이 피시던데? 우리 연기하는 거 볼 때는 아주 호랑이가 따로 없으면서."

송인섭은 넉살 좋은 표정으로 강찬과 봉준혁 사이에서 대화를 주도해 나갔다. 잘생긴 데다 붙임성도 좋으니 싫어할 사람이 없는 것은 당연한 일.

강찬 또한 처음에 들었던 막연한 거부감이 사라지고 있었다.

'하긴 아직 일어나지도 않은 일인데.'

곧 굳이 그를 멀리할 필요는 없다는 생각이 들어 그의 장단에 맞추어 이야기를 나누었다.

이야기를 나누고 있을 때 송인섭의 스타일리스트가 분장을 하기 위해 그를 불렀다. 송인섭은 곧 간다는 말과 함께 말했다.

"그럼 다음에 영화 찍게 되면 연락 줘요. 인맥 좋은 게 뭐겠어요."

"예."

끝까지 사람 좋은 미소를 남긴 그가 멀어지자 봉준혁이 말했다.

"참 좋은 배운데……."

"예?"

"아니, 아니에요. 그건 그렇고, 06년 새내기 중에 연출이 없나 봐요? 어떻게 나한테 오는 사람이 강찬 학생 한 명뿐이네."

봉준혁이 말꼬리를 흐린 것을 보아 무언가를 알고 있는 게 분명했다. 하지만 자신의 배우도 아니고, 감독이 알고 있다면 알아서 수습할 방도 또한 있을 것. 강찬은 굳이 신경을 더 쓰지 않은 채 말했다.

"저도 이제 첫 주라 잘 모르겠네요. 아직 진로를 못 정한 게 아닐까요."

"하긴."

미래대의 1학년은 학부로 배우며 학과를 정하지 않는다. 2학년이 되고 난 뒤에 학과를 정하는 시스템.

그렇기에 아직 누가 어느 과로 갈지 정해지지 않아 모르는 상태였다.

"뭐, 구면이니까 말 편하게 할게. 그래도 되지?"

"그럼요."

봉준혁은 씩 웃더니 강찬을 이끌고 필드 모니터가 놓인 테이블 앞으로 갔다.

"일단…… 뭐부터 설명해야 하지? 모듈은 다룰 줄 알아?"

"예. 얼추 배웠습니다."

"하긴 30분짜리 단편 찍을 정도면 어느 정도는 알겠지. 그럼 뭘 알려줘 볼까⋯⋯."

그는 장난감을 찾는 아이의 눈을 하곤 강찬을 훑어보았다. 그의 눈이 멈춘 곳은 강찬의 손. 정확히는 그의 손에 들린 수첩이었다.

"아까 뭘 적던데. 뭐 적은 거야?"

"아, 저라면 어떤 구도로 찍을까 생각해 봤거든요."

"봐도 되나?"

"예."

강찬의 수첩을 받은 봉준혁은 수첩을 넘겨보곤 곧 흥미로운 눈으로 말했다.

"공부 많이 했나 보네. P는 팬일 거고, T는 틸트야, 트랙이야?"

"트랙이요."

"호⋯⋯ 안 그래도 나도 그것 때문에 고민했었는데. 이 장면, 트랙을 쓰는 게 더 어울릴 것 같아?"

대놓고 묻는 말에 강찬의 얼굴에 당황이 서렸다.

그리고 3년 후, '강남'이라는 영화로 천만 관객을 달성한 뒤 국민 감독의 배열에 오르게 될 감독.

강찬의 우상이나 다름없는 이가 이제 막 대학생이 된 병아리에게 스스럼없이 의견을 묻다니.

놀란 것도 잠시.

강찬의 눈에 이채가 깃들었다.

"봉 감독님 연출 스타일에는 팬이 더 어울리지 않을까요?"

강찬의 말에 봉준혁이 천천히 고개를 끄덕이더니 물었다.

"그럼 네 스타일은?"

"여기서는 앵글을 하이에서 로우로 천천히 훑고, 다음은 트랙으로 짧게 치거나 달리로 롱 테이크 따는 게 좋을 거 같아요. 두 개 느낌이 너무 달라서 어떤 걸 해야 할지는 생각 좀 해봐야 알 것 같아요."

강찬의 능력 '연설'은 일상적인 자리에서도 빛을 발했다.

그가 설명을 시작하는 순간 봉준혁이 그의 말에 집중하며 눈을 반짝이기 시작했고 그의 말이 끝날 때쯤에는 고개를 끄덕이고 있었다.

대략적인 설명이었지만 봉준혁은 베테랑 감독, 머릿속으로 장면을 그리고는 미소를 지으며 말했다.

"괜찮은데?"

"감사합니다."

"아냐. 감사할 게 아니라 진짜 괜찮아."

말을 마친 봉준혁은 테이블 아래 있는 가방에서 스토리보드를 꺼내 들었다. 그러곤 페이지를 넘기더니 하나의 장면을 보여주며 이야기했다.

"이건 어때?"

"예?"

갑작스러운 행동이었지만 강찬 또한 봉준혁과 같은 경험이 있었기에 그의 행동이 이해가 되었다.

영화의 장면은 '멋'이다.

단순히 두 배우가 대화를 하는 장면도 조명과 구도, 그리고 음향을 넣어 멋들어지게 포장하는 것이 감독의 역할.

영화를 찍다 보면 그런 멋을 살릴 수 없는 장면이 등장하곤 한다. 스토리 진행에는 필요한데 멋을 살리기 힘든 장면. 그냥 휙 지나가면 되지만 감독의 자존심이 허락하지 않는 그런 장면.

느낌으로 따지자면 손이 닿지 않는, 목구멍이 간지러운 기분이랄까.

그런 상황을 타개하기 위해서는 단순하지만 찾기는 힘든, 하나의 '깨달음'이 필요하다. 그리고 봉준혁은 강찬의 수첩을 보는 순간 그 실마리의 꼬리를 본 듯했다.

만약 강찬이 어중이떠중이였다면 봉준혁의 기세에 눌려 아무런 말을 하지 못하고 넘어갔겠지만, 강찬은 자신의 눈앞까지 굴러온 호박 줄기를 그냥 보낼 생각은 없었다.

봉준혁 또한 마찬가지. 그는 실마리를 놓칠 생각이 없다는 듯, 빠르게 말을 이었다.

"여기. 그냥 크레인으로 하려니까 뭔가 밋밋한데, 그렇다고 달리로 따자니 그림이 안 살고."

봉준혁이 보여준 그림에는 두 명의 캐릭터가 대치하고 있었다. 대사가 없이 캐릭터들의 움직임만 그려져 있는 스토리보드였지만 어떤 내용인지는 대강 보였다.

갈등을 심화시키는 액션 신. 그중에서도 두 배우의 감정이 적나라하게 터져 나오는 신이었다.

그것을 본 강찬이 말했다.

"아예 감정에 집중하는 건 어떨까요? 굳이 와이드하게 따는 게 아니라."

"자세히."

배경에 '비, 밤'이라고 쓰여 있는 것을 보아 비가 오는 밤인 것을 알 수 있었다. 그렇다면.

"배경이 비 오는 밤이죠? 굳이 이렇게 설정하신 이유가 있나요?"

그의 질문에 봉준혁이 으음…… 하는 신음을 흘렸다.

"딱히. 분위기용이지."

"그럼 이런 건 어떨까요."

강찬은 자신의 수첩에 다른 앵글의 스토리보드를 그리기 시작했고 그것을 본 봉준혁의 눈에 감탄이 깃들었다.

"선 엄청 잘 따네?"

"감사합니다."

"오……."

부담스러워진 강찬은 고개를 숙인 채 스토리보드에 집중했고 곧 완성했다. 그 직후 강찬의 설명이 이어졌다.

"전 배우의 감정을 관객에게 전하는 걸 좋아하거든요."

"그렇지."

그 또한 '우리들'을 보았기에 강찬이 추구하는 스타일을 알고 있었다. 봉준혁이 고개를 끄덕이자 강찬이 말을 이었다.

"그러니까 이런 식으로 구도를 잡아서, 아크로 돌리면서 두 배우의 얼굴을 대비시키는 게 어떨까, 하는 거죠. 그러려면 밤보다는 낮이 괜찮다는 생각이 들어 여쭤본 거고요."

강찬의 말이 끝나기도 전, 봉준혁은 무언가 감을 잡았다는 듯 매섭게 펜을 놀리기 시작했다.

만족스러운 미소를 지은 강찬이 고개를 들려는 순간, 그의 눈앞에 메시지가 떠올랐다.

[능력 단계 상승: 편집 - 2단계]

[발아 진로 선택 가능]

[선택지]

[감정: 전하고자 하는 감정을 관객에게 더욱 자연스럽게 전할 수 있다.]

[거시: 영화 전체를 아우르는 편집이 더욱더 자연스러워지며 영화에 전체적인 메시지를 담는 데 능숙해진다.]

'맙소사.'

직접 편집을 하는 것뿐만 아니라 편집에 대해 대화를 나누는 것 또한 일종의 경험치로 인정되는 모양이었다.

강찬은 봉준혁의 작업을 보는 척, 메시지창에 집중했다.

'감정과 거시라.'

돌아오기 전, 강찬의 장점은 배우의 감정을 캐치해 내는 것. 그중에서도 배우의 목소리 톤이나 표정 같은 섬세한 것을 강조해 관객들을 몰입시키는 것이었다.

'모자란 건 거시인데.'

장점을 살리느냐, 단점을 보완하느냐.

중요한 갈림길이었다.

단점을 보완한다면 더욱더 탄탄한 연출로 기본기가 꽉 잡힌 편집을 할 수 있을 것이었다.

'장점을 더한다면?'

자신의 색을 뚜렷이 할 수 있을 터.

영화 제작의 세계에서 기본기도 중요하지만, 그보다 중요한 것이 감독만의 색이다.

안 그래도 장점으로 불리던 배우의 감정을 살리는 것이 더욱 발전한다면? 배우에게 캐릭터를 입혀 관객들의 몰입을 몇 배로 끌어낼 수 있을 것이었다.

여기까지 생각한 강찬은 천천히 고개를 끄덕였다.

'감정으로 간다.'

강찬의 결정과 동시에 눈앞에 떠 있던 메시지가 물에 녹듯 사라지고 곧바로 새로운 메시지가 떠올랐다.

[편집 - 발아 2단계(감정)]

'오르긴 오르는구나.'

우리들을 만들고 광고를 만드는 동안에도 오를 생각을 하지 않아 반쯤 내려놓고 있었는데 착실히 성장하고 있는 모양이었다.

천천히 고개를 끄덕인 강찬이 고개를 들었고, 그제야 자신에게 쏠려 있는 시선을 발견했다.

'아, 견학 중이었지.'

인솔 교수와 동기들, 스태프들. 거기에 배우들까지. 촬영장에 있는 인원 대부분이 강찬과 봉준혁 감독을 바라보며 이야기를 나누고 있었다.

학생들은 무슨 소리를 하는 건가 하는 표정이었고 교수는 놀란 표정을, 스태프들과 배우들은 동물원에서 사자를 보는 듯한 눈을 하고 있었다.

그들의 시선에 머쓱해진 강찬이 다시 봉준혁을 바라보았을 때, 스케치를 끝난 봉준혁이 강찬과 눈을 맞추었다.

"이거 느낌 좋은데."

"축하드립니다."

"그래, 고마워. 잠깐만…… 택아! 이리와 봐. 97번 신 고쳤거든. 황 작가한테 대본 수정 좀 부탁한다고 전화…… 아니다. 오늘 저녁 같이 먹자고 말 좀 해줘."

서대호는 마스터 치프들 대신 AD를 따라다니기로 마음먹었는지 조감독과 함께 다니며 그에게 일을 배우고 있었다.

서대호를 꼬리처럼 달고 온 AD는 스케치북을 받고선 고개를 끄덕였다. 봉준혁 감독은 조감독과 서대호가 돌아가고서야 강찬을 보며 말했다.

"이야, 고마워. 저 장면이 클라이맥스인데 뭔가 안 살아서 엄청 답답했거든. 근데 덕분에 뚫렸다."

"아뇨. 저도 좋은 경험이었습니다."

편집이 2단계까지 오른 걸 말할 순 없으니. 강찬이 진심으로 감사하자 봉준혁은 하하, 하고 기분 좋은 웃음을 지으며 말했다.

"겸손하기는. 보자, 내가 찬이한테 뭘 해줄 수 있으려나. 맞다, 문자로 나한테 물어볼 게 있다고 그랬었지?"

"예. 제가 지금 차기작을 구상하고 있거든요. 아마 액션이 주가 되는 느와르 장르가 될 것 같은데……."

"오, 벌써 투자자 구한 거야?"

"아뇨. 아직 못 구해서 독립으로 해보려고요."

흔히들 말하는 '독립 영화'는 독립 자본, 즉 제작사나 투자자들의 지원 없이 만드는 영화다. 하지만 투자 없이 만드는 영화는 드물었기에 중소 규모의 투자까지는 독립 영화라 말하는 경우가 많았다.

강찬의 말에 봉준혁이 고개를 끄덕였다. 시상식 당시 그의 우리들을 보고 많은 것을 느끼긴 했지만, 그것 하나만 가지고 투자자를 소개해 줄 순 없는 노릇.

강찬 또한 그런 것까지 원할 생각은 없었다.

"그건 그렇고, 제가 무술 감독님 한 분을 모시고 싶은데 연줄이 없어서요. 봉준혁 감독님 하면 제일 먼저 떠오르는 게 스타일리쉬한 액션이잖아요? 그래서 혹시 무술 감독님 소개 좀 받을 수 있을까 하는 생각에 연락드렸던 겁니다."

강찬의 말을 들은 봉준혁이 고개를 끄덕였다. 직접 찾아가는 것보다야 누군가, 그것도 현직 영화감독의 소개를 받고 찾아간다면 더욱 좋은 대우를 받을 수 있을 테니.

"자본이 얼마나 되는데?"

"일단 천이요."

"……그거 가지고 돼?"

"한번 해봐야죠. 제작하면서 계속 투자자도 구해봐야 하고."

독립 영화라 하더라도 기본적인 제작비는 수천만 원에 달한다. 아무리 제작비를 절감한다 하더라도 천만 원 가지고는 무리가 있을 수밖에 없다.

"그래. 뭐 단편 하나 찍어봤으니 어디서 아껴야 할지는 잘 알겠지. 그럼 무술 감독이라……. 우리 무술 감독님이 운영하는 체육관 있거든. 거기서 무술 감독 지망생들도 있다는데, 그 사람들 한번 만나볼래? 말로는 당장 데뷔해도 괜찮은 사람들도 있다 하더라고. 일단 가보고 마음에 안 든다 싶으면 다시 연락해. 그럼 내가 다시 알아봐 줄 테니까."

단 한 번 만났을 뿐이지만 봉준혁은 강찬을 아주 좋게 생각하는 듯했다. 인맥의 힘을 다시 한번 깨달은 강찬은 감사하다 말하며 고개를 숙였고, 봉준혁은 자기가 더 감사하다며 강찬의 어깨를 두들겨 주었다.

그날 밤.

강찬은 집에 돌아오자마자 컴퓨터를 켠 뒤 편집했던 파일들을 전부 열었다. 오늘 편집이 발아 2단계가 되었으니 지금까지 했던 편집을 싹 다시 해야 하기 때문.

"후."

짧은 한숨이 나왔다. 그것도 잠시, 기대감이 들기 시작했다. 발아 2단계에 오른 그의 영상과 에일렌의 음악이 합쳐지면 어떤 작품이 나올까?

아니, 단순히 영상만으로도 홍용회의 광고는 기억에서 지워 버릴 수 있지 않을까.

강찬은 두근거리는 심장을 안은 채 더 나아질 작품을 위해 마우스와 키보드에 손을 올리며 편집을 시작했다.

다음 날, 강찬은 곧바로 봉준혁이 소개해 준 체육관으로 찾아갔다. 어차피 강의야 '창작물 학점 인정제'가 있으니 빠져도 상관없는 상황.

게다가 장학금을 받고 들어간 터라 학비가 아까울 일도 없었다.

'캠퍼스 라이프를 못 즐기는 게 아쉽긴 한데.'

미팅이나 소개팅으로 CC가 되어 캠퍼스에서 연애를 해보고 싶은 마음도 없는 것은 아니었지만 그러기에는 시간이 너무나 모자랐다.

'일단 지금은 달릴 때야.'

곧 강찬은 경기도 외곽에 위치한 '플렉스 액션스쿨'에 도착했다.

창고 하나를 통째로 체육관으로 사용하고 있는 플렉스 액션스쿨의 앞에는 꽤 많은 차가 주차되어 있었는데 외제 차나 밴도 심심치 않게 보였다.

'연예인들도 다니는 건가.'

무술 감독들을 양성하는 곳이라더니 연예인들의 무술 교육도 하는 모양이었다. 고개를 끄덕인 강찬이 문을 열고 들어갔을 때.

휘이익!

"꺄아아아아"

창고의 한구석, 건물 3층 높이로 설치된 와이어 장치에서 여배우 하나가 떨어지며 비명을 지르고 있었다.

그 모습에 무술 감독으로 보이는 이가 냉정한 목소리로 '다시 하시죠. 올려!'라 말했고 곧 여배우는 와이어에 묶인 채 허공으로 끌려 올라갔다.

'김성아인가.'

대한민국 대표 여전사 이미지의 배우라고 언젠가는 불릴 그녀인가 싶었지만, 얼굴이 잘 보이지 않았다.

강찬이 그쪽에 관심을 두고 있던 사이, 우락부락한 몸에 민소매 티를 걸치고 있는 사내 하나가 강찬에게 걸어오며 물었다.

"어떻게 오셨나요?"

"봉준혁 감독님 소개로 찾아온 강찬이라고 합니다. 혹시 한상인 사범님 계신가요?"

"아, 이쪽으로 오세요."

사내는 강찬을 대기실로 안내했다. 창고같이 생긴 액션스쿨의 한쪽 구석에는 컨테이너처럼 생긴 공간이 있었는데 그곳에는 대기실과 샤워실, 그리고 탕비실 등이 있었다.

'연예인 많네.'

돌아오기 전에는 강찬이 직접 무술 감독을 캐스팅하거나 무술을 배워본 적이 없었기에 이런 쪽으로는 아는 게 없었다.

하지만 이곳에 있는 배우들의 얼굴은 확실히 알 수 있었다.

'오강현, 백진혜, 강일태 그리고…… 송인섭?'

강찬이 송인섭을 발견했을 때, 그 또한 강찬을 발견하고선 밝은 얼굴로 손을 흔들었다.

"강 감독님, 반가워요."

송인섭은 톱스타까진 아니어도 어느 정도 인기 있는 배우다. 그런 이가 아직 학생티를 벗지 못한 강찬에게 감독이라 부르며 반갑게 인사하자 다른 이들의 이목이 쏠렸다.

"또 뵙네요, 송 배우님."

"배우님은 무슨. 아, 내가 강 감독님이라 부르는 거랑 같은 건가?"

그는 하하하, 하고 짧게 웃더니 강찬을 안내하고 있던 사내를 바라보며 말했다.

"아, 일 때문에 오셨나 봐요. 그럼 일 끝나고 커피나 한잔하죠."

"네. 그럼 수고하세요."

참 밝은 사내다. 저런 얼굴 뒤에 음주운전에 여성 편력, 게다가 마약이라니. 강찬이 모르는 무슨 일이 뒤편에 숨겨진 게 아닐까 하는 생각이 들 정도였다.

"송 배우님하고 친하신가 봐요?"

"예, 뭐……."

이제 한 번 보았는데 친할 게 뭐 있겠나 싶지만, 누구라도 저런 반응을 보면 친하다고 생각할 수밖에 없을 것이었다.

곧 강찬은 조그만 방으로 안내되었다. 탁자 하나와 두 개의 의자가 있는 것을 보니 상담실인 모양이었다. 주변을 구경하며 잠시 기다리다 보니 사내 한 명이 상담실로 들어왔다.

"안녕하세요. 한상인입니다."

170이 조금 안 되는 키였지만 비율이 좋아 키가 작아 보이진 않았다. 게다가 운동복 아래로 보이는 탄탄한 근육까지 더해지자 모델 같은 아우라를 풍기는 게 느낌이 좋은 사람이었다.

"강찬입니다."

인사를 한 뒤 한상인이 자리에 앉으며 말을 꺼냈다.

"영화 촬영 때문에 무술 감독을 구하신다고 들었습니다."

"예."

"독립 영화라 하셨는데 배우는 정해진 겁니까?"

"아뇨, 아직입니다. 아직 촬영 들어가기 전 준비 단계라, 일단 제가 배워보려고요."

강찬의 말에 한상인의 얼굴에 의아함이 서렸다.

"감독님이 말입니까?"

"예. 제가 원하는 그림을 뽑으려면 제가 알아야 한다는 주의라."

자신을 시험하는 게 아닐지 의심스러운 눈빛을 보내던 한상인이 그제야 고개를 끄덕였다. 워낙 특이한 감독이 많으니 이런 사람도 있을 수 있겠다고 생각한 그가 답했다.

"촬영 시작은 언젭니까?"

"5월 중순에서 말 사이에 시작할 것 같아요."

"그때면 저도 스케줄이 괜찮습니다. 그럼 일단 '액션 기본반'으로 등록하시는 건 어떻습니까? 제 실력도 보실 겸, 직접 배워도 보실 겸."

"그러죠."

봉준혁이 추천해 준 무술 감독이지만 실력을 눈으로 보긴 해야 한다. 만족스러운 제안에 강찬이 수락하자 한상인은 곧바로 계약서를 가져왔다.

"여기랑 여기 사인하시고…… 됐습니다."

"그럼 잘 부탁드립니다."

"수업 맛보기로 한번 받아보실래요?"

"좋죠."

액션을 촬영하는 이유는 간단하다. 갈등의 고조와 해결. 그것을 폭력만큼이나 극적으로 보여줄 수 있는 장치가 없기 때문이었다.

게다가 주인공이 멋진 액션을 선보이며 악당을 때려눕히는 장면은 그것 하나만으로 카타르시스를 주며 관객들의 스트레스를 해소시켜 준다.

하지만 멋을 위해 배우들이 서로 치고받을 순 없는 노릇.

그래서 나온 것이 '합'이다.

서로 정말 싸우는 것처럼 '내가 이때 뺨을 치면, 넌 맞고 날아가라'라고 사전에 약속을 하는 것이 합이다.

물론 진짜 때리진 않는다. 카메라의 연출과 음향 효과로 정말 때리고 맞는 것처럼 보이게 할 뿐이지.

"기본적인 건 아시죠?"

"예."

"그럼 맛보기니까, 간단한 합부터 해보죠. 자, 이렇게."

강찬이 매트 위에 서자 한상인이 1인 2역을 하며 어떤 합인지를 설명해 주었다. A가 주먹을 뻗으면 B가 피한다. 그와 동시에 A의 팔을 꺾어 제압한 뒤 무릎으로 코를 깨는 합.

"일단 B가 되시면 돼요. 그럼 제가 제압해 보겠습니다."

"예, 잘 부탁드리겠습니다."

영화를 찍으며 배우들이 액션 신을 배워보는 것은 많이 보았지만 이런 식으로 전문적으로 하는 것은 처음이었다.

"갑니다."

강찬이 그에게 주먹을 휘두른 순간, 세상이 빙글 돌았다. 그러곤 한상인의 무릎이 강찬의 코끝까지 올라와 있었다. 눈 한번 깜빡할 사이 이야기한 합을 모두 소화해 낸 것이다.

"이렇게요."

"……예?"

"자, 이제 천천히. 다시 뻗어보시겠어요?"

역시 전문가는 다르다는 건가. 만약 실전이었다면 강찬은 코가 깨진 채 끙끙거리고 있었을 터. 고개를 휘휘 저은 강찬이 말했다.

"그럼 다시 갑니다."

한상인이 좋은 무술 감독인지는 모르겠으나 좋은 선생인 것은 확실했다. 합을 맞추는 것은 상대를 때려눕히는 것이 아니라 멋져 보이는 것이 목적이다. 한상인은 그것을 정확히 알았고 그 부분에 대해 제대로 가르쳐 주고 있었다.

"잘하시는데요?"

"감사합니다."

"아니, 입에 발린 칭찬이 아닙니다. 싸움 좀 한다는 배우들도 감을 못 잡고 헤매는 경우가 많은데, 감독님이라 그런가? 어떻게 해야 멋이 나는지 아는 것 같습니다."

강찬이 멋쩍은 미소를 지었을 때, 한상인이 말을 이었다.

"이거 욕심나는데. 좀 더 어려운 걸 해보시겠습니까?"

"선생님이 말씀하시면 들어야죠."

하하하, 하고 호탕하게 웃은 그는 다시 진지해진 표정으로 새로운 합을 알려주었다. 발차기나 넘어졌다가 일어서는 등 큰 동작들이 추가되었으나 강찬은 무리 없이 소화해 냈다.

"어지간한 학생들보다 나은데요?"

"학생들이요?"

"배우분들 말고 스턴트 배우는 애들이요."

한상인이 턱짓으로 한쪽을 가리켰다. 거기에는 플렉스 액션 스쿨이라는 글자가 적힌 티를 입은 이들이 열심히 연습을 하고 있었다.

"보통 처음 배우는 사람들은 겁을 먹게 마련인데, 그런 것도 없고 이거 가르치는 맛이 납니다."

"잘 부탁드립니다."

그 이후로 1시간여. 맛보기를 넘어 이런저런 합을 배우던 강찬은 온몸이 땀투성이가 되고서야 수업을 마칠 수 있었다.

"후. 고생하셨습니다."

"한 사범님이 더 고생하셨죠."

"저야 돈 받고 하는 건데요, 뭐."

음료를 마시며 쉬는 사이, 다시 한번 찢어지는 비명이 들려왔다. 시선을 돌려보니 아까 그 여배우가 아직도 와이어에 매달려 비명을 지르고 있었다.

"목청도 좋아."

"벌써 사흘쨌데 고소공포증이 있다나. 와이어에 익숙해지질 못하고 있는 모양입니다."

두 사람의 시선이 닿은 와이어 세트에서는 여배우의 몸에서 와이어를 떼어내고 있었다. 아마 연습이 끝난 모양이었다. 하얗게 질린 여배우는 다리의 힘이 풀렸는지 비틀거리며 주저앉았고 그 모습을 본 강찬이 짧게 혀를 찼다.

'고생이 많네.'

강찬의 눈에는 재미있어 보이기만 했지만, 고소공포증이 있다는 저 여배우에게는 아닌 모양이었다.

그가 한번 해보고 싶다는 생각을 하고 있을 때, 그런 강찬의 시선을 느낀 한상인이 강찬에게 물었다.

"한번 타보시겠습니까?"

"그래도 돼요?"

"안 될 거 뭐 있습니까. 연습하라고 만들어놓은 건데요."

"그럼 한번 해보죠."

그냥 사범인 줄 알았더니 어느 정도 힘이 있는 모양이었다. 한상인이 와이어 세트로 다가가 말하자 주변에 있던 스태프들이 강찬에게 다가와 와이어가 연결된 하네스를 입혀주었다.

"저기 2층에서 뛰어내리면서 착지. 그것만 하시면 됩니다."

"예."

"다칠 염려 없으니까 그냥 뛰어내리시면 되고."

"예."

"뭐…… 잘하실 것 같네. 올려!"

한상인의 말에 강찬의 몸이 둥실 떠오르기 시작했고 그와 동시에 강찬의 미간이 팍 구겨졌다.

'이거 생각보다 엄청 조이는데.'

특히 말하지 못할 부위가.

이를 악문 강찬은 2층 높이의 세트에 도착해 발이 땅에 닿은 순간 곧바로 하네스 끈을 조절해 고통에서 해방된 뒤 한결 편안해진 표정으로 말했다.

"그냥 뛰면 되나요?"

"제가 셋 세면 뛰십시오."

아래서 볼 땐 별로 안 높아 보였는데 위에서 보니 꽤 높았다. 하지만 뛰지 못할 정도는 아니었기에 강찬은 다리에 힘을 주며 준비를 했고.

"셋, 둘, 하나 점프!"

한상인의 말과 동시에 세트 아래로 뛰어내렸다. 올라올 때는 고통 때문에 보지 못했던 탁 트인 시야, 그리고 슬로우 모션처럼 천천히 떨어지는 느낌에 강찬의 얼굴에 미소가 걸렸을 때.

[신규 발아 능력: 액션 - 발아 1단계.]

강찬의 눈앞에 메시지가 떠올랐다.

'……어?'

익숙해질 때도 된 신규 능력 발아였지만 이틀 연속은 처음이었다. 메시지창에 정신이 팔렸던 강찬은 이내 지면이 가까워지는 것을 깨닫고선 빠르게 자세를 잡았다.

타닥!

강찬이 낙하산에서 내리듯 가벼운 발걸음으로 땅을 디디자 한상인이 박수를 쳤다.

"초심자들은 균형도 못 잡고 버벅거리는 게 대부분인데…… 확실히 재능이 있으시네."

"감사합니다. 재밌는데요? 한 번 더 해봐도 되나요?"

강찬이 말한 순간, 한상인의 옆에 서 있던 무술 감독의 미간이 팍 구겨졌다. 아까 여배우를 담당하고 있던 그 무술 감독이었다.

"당연합니다. 바로 갑니까?"

"예."

"올려!"

그 뒤 강찬은 와이어를 타고 놀며 무협지 같은 장면을 연출했고 한상인은 굉장히 흡족한 표정으로 그를 지켜보았다.

"정말 실속은 없는데 멋은 있는 게 액션 그 자체입니다."

"……칭찬으로 듣겠습니다."

하긴 액션이라는 것 자체가 그렇다.

유명 무술 감독의 일화도 있지 않은가. 싸움이 나서 상대를 때리려 주먹을 뻗었는데 자신도 모르게 그 사람 코앞에서 주먹을 멈추었다고.

'그러고 보니 싸움도 잘하게 되려나?'

액션 능력이 발아한 뒤, 확실히 액션을 할 때의 선이 살아났다는 것이 느껴졌다. 하지만 무협지처럼 상대의 공격이 날아올 길이 보인다거나, 내 움직임이 빨라진 것은 아니었다.

'정말 실속은 없네.'

말 그대로 '액션'이 좋아진 것뿐이었다. 그래도 이게 어디인가. 액션 신을 연출할 때 강찬이 그리고 싶은 장면을 그대로 배우에게 전할 수 있을 것이었다.

"그럼 오늘은 진짜 여기까지만 하겠습니다."

"예."

수업이 끝난 강찬이 잠깐 휴식을 취하며 주위를 둘러보자 액션스쿨의 한가운데서 송인섭이 엑스트라들과 합을 맞추는 모습이 눈에 들어왔다.

'괜히 배우가 아니야.'

이목구비 외에는 여백이 없는 작은 얼굴. 뽀얀 피부. 큰 키와 사기적인 비율까지. 엑스트라들과 같은 트레이닝복을 입고 있음에도 그는 빛을 발하고 있었다.

이제 막 합을 맞추기 시작했는지 무술 감독이 짜놓은 동선을 익히는 모습이었다. 엑스트라 A가 주먹을 휘두르면 그것을 피하며 턱을 때린다. 그와 동시에 B의 발차기를 얻어맞고 휘청. 하지만 쓰러지지 않고 B의 발목을 잡아 팔꿈치로 때려 부순 뒤…….

보통 3~10개의 합을 하나의 테이크에 담고 여러 개로 잘라 붙이게 마련인데 송인섭이 연습하고 있는 합은 3~40개는 되어 보였다.

'롱테이크인가.'

그렇게 2~3번 연습을 한 송인섭이 흐르는 땀을 훔치며 말했다.

"다 외웠습니다."

"벌써요?"

"예. 한 번 가볼까요?"

"……그러죠."

무술 감독은 반신반의한 표정이었지만 일단 고개를 끄덕인 뒤 엑스트라들에게 자리를 잡으라 말했다. 그리고 장면 시작.

"오……."

돌아오기 전, 톱스타에 오른 것이 운이 아니었다는 듯 송인섭은 멋진 연기를 보여주었다. 게다가 합까지 완벽히 숙지하고 있어 액션이 물 흐르듯 이어졌다.

'생각 이상인데.'

볼 때마다 '음주운전', '여성 편력', '마약' 등의 단어가 떠오르는 것만 빼면 참 탐나는 인재였다.

강찬이 생각하는 사이 그의 연습이 끝났고, 송인섭이 수건으로 땀을 훔치며 강찬에게 다가왔다.

"아, 죄송합니다. 기다리셨죠?"

"아뇨. 구경하는 재미가 있어서 괜찮았어요. 액션 연기도 잘하시던데요?"

"하하하, 감사합니다."

호탕하게 웃은 그가 수건을 목에 걸치며 말을 이었다.

"아까 보니까 강 감독님 액션 잘하시던데. 배우신 적 있으세요?"

"아뇨. 오늘이 처음입니다."

"이야, 소질 있으시네. 그럼 강 감독님이 영화 찍고 배우도 하고 그럴 수도 있겠네요?"

송인섭의 말에 강찬의 눈에 이채가 돌았다.

영화 제작 비용에서 가장 큰 비용을 차지하는 것이 인건비다. 개중에서도 배우의 몸값이 가장 비싼 건 당연한 일.

만약 강찬이 배우를 할 수 있다면, 이번 독립 영화를 제작하는 데 있어 꽤 많은 지출을 아낄 수 있을 것이다.

"그거 괜찮네요."

"그렇죠? 그렇다고 너무 혼자 다 해 먹진 말고, 나중에 남자 배우 필요하면 불러요. 인맥 좋다는 게 뭐겠어. 근데 감독이 왜 액션을 배워요?"

"제가 원하는 그림을 뽑으려면 제가 알아야 한다는 주의라."

"이야, 봉 감독님이 괜히 강 감독님 좋아하는 게 아니네. 가끔 그런 감독들 있잖아요. 액션에 대해 아무것도 모르면서 자기 원하는 그림만 뽑으려고 하는 사람들."

강찬이 멋쩍게 웃자 송인섭이 하얀 이를 훤히 드러내며 함께 웃었다.

"맞다, 커피 한잔하기로 했죠? 대기실에서 잠시만 기다려주시겠어요? 땀을 흘려서 좀 씻고 갈게요."

"예. 어차피 저도 씻어야 해서, 같이 가죠."

그가 대답하자 송인섭은 트레이드마크 같은 환한 미소를 지으며 그의 어깨를 두들긴 뒤 손을 흔들었다.

강찬이 자신에게 흔든 것인 줄 알고 고개를 끄덕이려는 때,

멀리서 대기하고 있던 매니저가 후다닥 달려왔다.

"옷 좀 준비해 줘요."

"어떤 옷이요?"

"내가 무슨 옷을 수십 벌씩 들고 다녀요? 운동 끝나고 입을 옷이 뭐겠어요."

"아, 예. 알겠습니다. 준비하겠습니다."

20대 중반인 송인섭의 매니저는 30대 초반으로 보였다. 한데 매니저는 마치 상전을 모시듯 불안한 모습으로 송인섭을 대하고 있었다.

'흠, 저게 본모습인가.'

아니면 단순한 짜증일지. 아예 관심이 없었으면 모를까, 송인섭이라는 사람에 대해 관심이 생기자 호기심이 들었다. 어떤 사연이 있는 건지, 사람이 글러 먹은 건지.

그것을 확인하기 위해선 조금 더 보아야 할 필요가 있었다.

잠시 후, 먼저 샤워를 마친 강찬이 대기실에서 기다리고 있자 송인섭이 들어왔다.

"강 감독, 가죠."

"일정은 끝나신 건가요?"

"예. 오늘은 여기가 끝이라 여유 있어요. 아, 차라리 술을 한잔할까? 강 감독. 술 잘해요?"

'술이라.'

안 그래도 송인섭의 본성이 궁금하던 차. 술이라면 그의 본성을 확인할 수 있을 것이었다.

"지지 않을 정도는 됩니다."

"오…… 자신 있나 봅니다?"

강찬이 대답 대신 미소를 짓자 송인섭이 그의 어깨에 손을 두르며 말했다.

"그럼 갑시다."

강찬의 아버지 강혁은 그의 영화처럼 잔잔한 분이었다. 열 문장의 소설보다 한마디의 시구를 좋아하는 분이셨고 언행 또한 시구처럼 하는, 그런 사람이었다.

그런 강혁은 술을 즐겼는데 그때마다 한 가지의 주제에 대해 이야기했었다.

어릴 적에는 아버지의 술주정이라 생각하고 한 귀로 흘렸지만, 지금 와서는 그 이야기들 하나하나가 전부 인생의 도움이 되는 이야기임을 깨달을 수 있었다.

그중 하나가 사람에 관한 이야기였다.

어느 날, 술이 적당히 오른 강혁은 강찬에게 '기계에 왜 A/S 보증 기간이 있는 줄 아느냐'고 물었다.

그야 그 이상이 지나면 기계의 수명이 다하기 때문이 아니냐고 답했고 그의 대답에 강혁은 미소를 지으며 말했다.

'기계의 부품이 닳아 못 쓰게 되면 교체하면 된단다. 하지만 전체적으로 어그러졌을 때는 새로운 걸 사는 수밖에 없지. 그럼, 사람은 어떨 것 같으냐?'

강찬이 대답하지 못하자 강혁은 강찬의 머리를 쓰다듬으며 말했다.

'새로 살 수 없으니 고치려 하겠지. 하지만 사람은 기계가 아니란다. 고쳐 쓸 수 없어. 찬아, 사람이 달라졌다는 말 들어봤지? 그건 그 사람이 달라진 게 아니란다. 원래 가지고 있던, 숨기고 있던 면이 드러난 것뿐이야.'

그 전후 이야기는 잘 기억나지 않았지만, 저 대화는 확실히 기억났다. 인생을 살아가며 뼈저리게 느꼈기 때문일 수도 있고, 아버지에 대한 추억이 몇 없어서 그럴 수도 있다.

'그렇다면 송인섭이 숨기고 있는 면은 무엇일까?'

송인섭과의 술자리는 꽤 즐거웠다. 그의 인성이, 그의 미래가 어떻든 간에 다른 사람을 기분 좋게 해주는 능력이 있는 사내였다.

'마음에 들긴 드는데.'

애초에 마음에 안 들었으면 모를까, 선입견을 가진 채 바라보는데도 마음에 드는 구석이 넘치는 사람이었다.

그렇기에 궁금했다.

강찬은 아직 송인섭이라는 사람을 제대로 겪어보지 못했다.

한데 미래에 그럴 것이라는 이유만으로 그를 판단해도 되는 것일까? 하는 의문도 들었다.

무엇보다 서대호처럼 바뀔 수 없는 운명이 있다면, 과연 바꿀 수 있는 운명도 있는 걸까? 나아가, 강찬의 인생 또한 전과는 다른 결말을 맞이할 수 있을까?

만약 송인섭이 달라지지 않는다면, 그의 인생 끝에서 기다리고 있는 종착역 또한 변하지 않는 것일까?

송인섭의 미래를 바꿀 수 있다면, 강찬의 인생 또한 바꿀 수 있는 것일까?

"무슨 생각을 그렇게 해?"

송인섭이 내민 잔이 강찬의 눈앞까지 와 있었다. 강찬은 잔을 들어 그의 잔에 부딪히며 말했다.

"아, 갑자기 좋은 아이디어가 떠올라서요."

"……누가 감독 아니랄까 봐 뜬금없이 헛소리하는 거 보소."

송인섭은 의심스럽다는 눈으로 그를 바라보다가 잔을 비우고선 새 잔을 따르며 말했다.

"한 병 더 할 거지?"

"그럼요."

"어떻게 된 게 영화감독이라는 사람들은 다 말술이야? 무슨

과 들어갈 때 음주 시험 이런 것도 보냐?"

"설마 모르셨어요?"

"이게 누굴 바보로 아나."

그의 대답에 강찬은 낄낄거리고 웃었고 곧 그가 주문한 소주가 왔다. 송인섭은 감사하다는 인사와 함께 소주를 깐 뒤 강찬의 잔을 채워주었다.

두 사람이 주거니 받거니 하며 소주를 마시고 있던 때, 처음 보는 여자가 다가왔다. 그녀는 송인섭의 얼굴을 보며 말했다.

"저 죄송한데 혹시…… 송인섭 배우님 아니세요?"

송인섭이 어색하게 웃자 그를 알아본 여자가 사인을 해달라 말했고, 곧 용기를 낸 다른 이들도 하나둘씩 와서 사인을 받고 사진을 찍었다.

그런 송인섭의 모습을 바라보던 강찬의 눈에 호기심이 서렸다.

만약 강찬의 손으로 직접 그의 인생을 바꾸어놓을 수 있다면, 그럼 어떻게 되는 걸까? 송인섭이 음주운전을 하지 않고, 마약을 하지 않는다면, 그는 계속 배우를 할까?

'흠.'

시간을 할애할 가치가 있는 호기심이었다.

송인섭이 가치가 있는 사람이라면, 강찬은 그를 도울 것이다. 하지만 아니라면? 그의 호기심은 다른 방법으로 충족시키면 된다.

고개를 끄덕인 강찬은 팬과 사진을 찍고 있는 송인섭을 바라보며 몇 가지 시나리오를 구상해 보았다.

강찬이 생각하는 사이 가게의 주인과 아르바이트생들까지 자신들의 본분을 잊고 나와서 송인섭과 사진을 찍었다.

"감사해요. 꼭 액자로 만들어서 걸어둘게요."

"하하, 감사합니다. 자주 올게요."

"어머, 그럼 더 감사하죠!"

가게 주인과 송인섭이 이야기를 나누는 것을 본 강찬이 헛웃음을 흘릴 때, 소소한 팬 미팅을 끝낸 그가 돌아왔다.

"미안해. 팬들이 저러면 거부를 못 하겠더라고."

"괜찮아요."

그 뒤로도 강찬과 송인섭은 꽤 오랜 시간 술을 마셨다. 그렇게 새벽이 될 무렵, 가게의 사장이 서비스라며 새우튀김을 가져다주었다.

"감사합니다."

"뭘요. 맛있게 드세요."

두 사람이 씩 미소를 지을 때, 구석에 있던 테이블에서 욕설이 터져 나왔다.

"거 씨발, 어디 듣도 보도 못한 새끼가 연예인이라고 깝치네."

들으라는 듯 큰 목소리였다. 순간 뺨이라도 맞은 듯 송인섭의 고개가 돌아가더니 방금 말을 한 사내와 눈이 마주쳤다.

"뭐?"

"아, 들렸나? 미안합니다. 생각만 한다는 게 밖으로 나와 버렸네."

사내가 장난스럽게 웃으며 손을 들었다. 송인섭 또한 이런 일을 한두 번 겪어보는 게 아닌지 무시하며 고개를 돌렸다.

하지만 그들은 적당히라는 걸 모르는 듯 말을 이었다.

"그러고 보니까 '뭐?'라 하지 않았냐? 저 새낀 뭔데 보자마자 반말이야?"

"그러네. 알고 보니까 개싸가지 없는 새끼였네."

이쯤 되니 강찬의 표정까지 굳어질 수밖에 없었다. 이래서 공인이라는 게 무섭다. 무슨 잘못을 하지 않더라도, 단순히 같은 자리에서 술을 마시고 있다는 것만으로 시빗거리가 되고 조롱거리가 된다.

인간이라면 화가 나는 것은 당연지사. 하지만 화를 낼 순 없다. 화를 내는 순간 사진과 동영상으로 박제되어 수많은 이에게 씹을 거리가 될 테니까.

하지만 아직은 2006년.

SNS에 동영상을 올리기에는 조금 이른 시기였다. 그렇다고 막 나갈 순 없다. 입소문이라는 게 있으니.

그걸 아는 송인섭은 별다른 말 없이 자신의 잔을 들이켰다.

"형, 참아요."

송인섭은 대답 대신 고개를 끄덕인 뒤 다시 잔을 채웠다. 싸하게 가라앉은 분위기를 아는지 모르는지 양아치 일당은 계속해서 연예계를 씹어댔다. 내가 봤는데 누가 얼마나 더럽게 논다느니, 성격이 거지 같다느니.

"아, 투 아웃인데."

"예?"

"이미 두 번 걸렸거든. 소속사가 알아서 처리해 준 게 두 번이야. 안 걸린 건…… 안 걸렸고."

말끝을 흐리는 걸 보아 안 걸린 것도 두 번은 넘는 모양. 이미 투 아웃이기에 눈 속에 저런 분노를 가득 채우고서도 참고 있는 모양이었다.

"나가죠. 똥이 무서워서 피하나, 더러워서 피하지."

"그래. 근데 내가 왜 저런 것들한테 이런 소리를 들어야 하지?"

그때 송인섭과 눈이 마주친 강찬은 불안함을 느꼈다. 그의 눈은 이미 분노로 가득 차 있었다.

"형."

"알아. 안다고. 쟤네 치면 엿 되는 거. 근데 개 같잖아."

송인섭은 나갈 생각이 없는지 다시 잔을 채웠다. 강찬이 대답이 없자 송인섭의 시선이 강찬에게로 향했다.

"너도 나 무시하냐?"

"아뇨."

"아니긴 개뿔."

송인섭은 자신의 잔을 들이켠 뒤 말을 이었다.

"배우라는 게 참 개 같아. 아무리 개 같은 상황에 처해도 참아야 해. 왜? 나는 공인이니까. 내가 욕이라도 한마디 하는 순간, 피라냐 새끼들인 양 뼈도 안 남길 기세로 물어뜯어 댄다고."

"그래서요?"

"뭐?"

"그래서 어떻게 하시게요?"

분노로 가득 차 있던 송인섭의 눈에 의문이 번졌다.

"무슨 소리야?"

"선택지는 두 개죠. 참고 배우 인생을 이어가느냐, 참지 않고 눈앞의 거슬리는 것들을 치워 버리고 형의 인생도 망치느냐. 형은 어떤 선택을 하고 싶은데요?"

"……너, 나 가르치냐?"

강찬은 고개를 저었지만, 송인섭은 술에 취한 데다가 화까지 난 상황. 그는 분노를 풀 대상을 찾고 있었다.

"안 참으면? 내가 저 새끼들 치면 어쩔 건데? 어? 네가 뭘 어쩔 거냐고!"

송인섭의 목소리가 더욱 커졌고 강찬은 차게 가라앉은 눈으로 그의 말을 듣고 있었다. 그는 자신이 내는 화를 이기지 못

하고 결국 자리에서 일어서며 고래고래 소리를 질러댔다.

"네가 뭘 알아!"

강찬은 한숨을 내쉬며 주변을 둘러보았다. 늦은 시간, 어느새 손님이라고는 송인섭에게 시비를 걸었던 이들밖에 안 남아 있었다.

그때, 강찬과 사내 무리의 눈이 마주쳤다. 그러자 그들은 비릿한 웃음을 지으며 왁자지껄 떠들기 시작했다.

"우릴 친다고?"

"와, 연예인이라고 막 나가는 것 좀 봐. 우리는 사람으로도 안 보이나 보지?"

현재 가게 안의 손님은 양아치 무리와 강찬뿐. 게다가 가게의 주인은 송인섭의 열렬한 팬이었으며 아르바이트생들은 퇴근한 지 오래였다.

경찰이 출동할 정도로 격렬한 상황이 나지만 않는다면 강찬이 충분히 커버할 수 있을 터.

모든 상황을 체크한 강찬은 당황하는 대신 흥미로운 미소를 지었다. 저들이 이 정도까지 시비를 걸어온다면 강찬으로서는 오히려 환영이다.

그들은 거기서 멈추지 않고 안주로 있던 뻥튀기와 팝콘을 던지기 시작했다. 팝콘이 송인섭의 뒤통수에 맞은 순간.

"이런 씨발!"

송인섭이 참지 못하고 일어서며 소리쳤고 그들은 송인섭에 얼굴에 대고 팝콘을 하나 더 던졌다.

"뭐, 씨발 뭐. 치게? 연예인이라면서. 합의금 두둑이 나오겠네?"

"적당히 합시다. 나도 연예인이기 전에 사람입니다."

"그래서? 그래서?"

양아치 세 명은 계속해서 팝콘을 던져대며 송인섭의 심기를 건드렸다. 사실 이 정도 상황이라면 강찬이라도 참지 못하고 주먹을 휘둘렀을지도 모른다.

하지만 송인섭은 배우다.

이미지로 먹고사는 배우. 그것도 이제 막 주가를 올리고 있는, 누구보다 사람들의 관심이 간절한 시기의 배우.

'여기가 분기점이다.'

만약 송인섭이 참지 못하고 싸움을 벌인다면? 강찬은 그와의 관계를 깨끗이 정리할 것이었다.

'애초에 하루 본 사람과 정리할 게 뭐 있겠냐마는.'

하지만 만약 송인섭이 참고 넘어간다면?

강찬은 그를 믿어볼 생각이었다. 그리고 그가 자신을 믿게 만들 생각이었다.

그때, 송인섭의 손에서 피가 흐르기 시작했다. 분노를 참지 못하고 주먹을 너무 꽉 쥐어 손톱이 손바닥을 파고든 것이었다.

그런데도 그는 싸우지 않았다. 대신 뒤로 돌아 강찬을 보며 말했다.

"가자."

송인섭은 의자에 걸쳐져 있던 외투를 걸친 뒤 지갑을 꺼내 계산을 하러 카운터로 향했고 그사이에도 조롱은 계속되었다.

그 모습을 본 강찬은 천천히 고개를 끄덕였다.

'역시 사람은 다른 사람 말만 듣고 판단하는 게 아니라니까.'

강찬은 천천히 고개를 끄덕인 뒤 감정을 잡았다. 그러자 그가 가진 능력인 '액션'과 '연기'가 수면 위로 올라오며 강찬의 표정이 완전히 달라졌다.

그리고 그의 얼굴에서 완전히 표정이 사라졌을 때, 강찬이 양아치들의 테이블로 걸어갔다.

"넌 뭔데 씨발."

"전 아무것도 아닙니다."

"뭐? 개그맨이야?"

그들이 왁자지껄하게 웃는 사이, 강찬이 말을 이었다.

"그래서 괜찮습니다. 여러분처럼 잃을 게 없는 사람까지는 아니더라도, 맞고 죽도록 싸워도 아무런 문제가 없는 사람이니까요."

그의 말을 이해하지 못한 양아치들이 의아한 표정을 지을 때, 송인섭의 시선이 강찬에게로 향했다.

"그러니까. 치고 싶으면 치십시오. 3:1이니 특수폭행죄가 적용될 거고…… 시비도 그쪽에서 걸었으니 정상참작의 여지도 없을 겁니다. 애초에 특수폭행에 정상참작이라는 말이 웃기긴 합니다만."

"뭐라는 거야, 이 새끼가."

"아무것도 안 할 거면 냄새나는 몸뚱이라 끌고 꺼지라는 소립니다. 괜히 술 잘 먹고 있는 사람들 기분 잡치지 말고."

강찬의 말에 세 명의 사내가 헛웃음을 터뜨렸다. 특수폭행이니 뭐니 어려운 말을 쏟아내고 있긴 했지만 어쨌거나.

"우리가 쫄아서 못 칠 줄 알아? 어린 새끼가 먹물 좀 먹었다고 눈에 뵈는 게 없나."

양아치 세 사람이 우르르 일어섰다. 그때, 강찬은 그들의 테이블에 놓인 술병 하나를 툭 쳐서 떨어뜨렸다. 그러자 쨍! 하는 소리와 함께 술병이 깨져 조각이 비산했고, 강찬은 그 모습을 보며 말했다.

"깨진 술병으로 사람까지 위협했으니 이젠 빼도 박도 못하겠네요. 합의금은 있으십니까?"

"뭐?"

"우리가 언제 협박을 했어, 씨발!"

그들은 그제야 강찬의 눈을 똑바로 보았고, 아무런 감정이 담겨 있지 않은 그 눈에서 기이한 느낌을 받았다.

"저보다 비싼 변호사 쓸 수 있으십니까? 아, 물론 제가 아니라 송인섭 배우가 구해주는 비싼 변호사 말입니다. 없으면 제가 방금 말한 건 당신들의 죄목에 추가되겠죠. 특수폭행, 다중, 그리고 위험한 물건의 휴대까지."

강찬의 말이 끝나자 그들은 그 말이 허세가 아님을 깨달았으며 강찬의 눈에서 자신들의 미래를 보았다.

법정에서 미소를 지은 채 자신들을 바라보고 있는 강찬과 눈물을 흘리며 선처를 구하고 있는 자신들의 모습이 보였다.

"하긴 합의금을 받을 필요도 없겠습니다. 당신들 돈 받아봤자 기분만 나쁠 테니. 변호사만 잘 구하면 징역까지도 가능할지 모르겠네요. 그러니까 선택하십시오."

강찬은 냉정히 말하고 있긴 했지만, 내심 스스로의 연기에 놀라고 있었다. 그의 능력 '연기'와 '액션', 거기에 '연설'까지 합쳐지자 강찬의 감정이 그대로 양아치들에게 전달되고 있었다.

세상 무서울 것이 없어 보이는 양아치들이 스무 살 대학생의 말에 쫄아 그를 건드리지 못하고 있는 것이다.

"머리가 나빠 기억 못 하는 것 같으니 다시 말씀드리죠. 날 때리든가, 아니면 그 역겨운 몸뚱어리들 끌고 꺼지든가."

이미 승기는 기울었다. 저들은 인생의 전부나 다름없는 자존심을 지키기 위해 남아 있을 뿐, 강찬을 어떻게 해보겠다는 생각은 전혀 보이지 않았다.

"혼자 선택도 못 하는 박약아들이었습니까? 그럼 제가 대신 선택해드리겠습니다."

말을 마친 강찬은 그들을 지나쳐 가게의 문을 열었다. 그리고 그들을 보며 말했다.

"꺼져."

강찬의 말에 세 명의 양아치는 서로를 바라보더니 곧 '두고 보자' 같은 진부한 말을 내뱉으며 가게 밖으로 도망치듯 나가 버렸다.

그 모습에 헛웃음을 흘린 강찬은 문을 닫았다. 그러곤 아직도 얼이 빠진 표정으로 강찬을 바라보고 있는 가게 주인에게 말했다.

"술병 깨서 죄송합니다. 연출이 좀 필요할 거 같아서."

"어…… 아뇨. 아니에요. 괜찮아요."

강찬은 다시 한번 죄송하다는 말을 한 뒤 가게 구석에 있는 쓰레받기를 가져와 술병을 치우며 말했다.

"할 말 없어요?"

가게 주인보다 더 충격받은 얼굴로 강찬을 바라보고 있던 송인섭은 조용히 엄지를 치켜세웠다.

"멋있는데."

"그거 말고."

"미안하다."

"나한테 미안할 건 없죠. 시비를 건 건 저놈들이었으니까."

"아니, 너한테 화낼 게 아니었고. 네가 자리를 피하자 할 때 피했으면 되는 거였는데 괜히 자존심 부려서 미안해."

송인섭은 마른세수를 하듯 얼굴을 슥슥 쓸어 올린 뒤 말을 이었다.

"몇 분 만에 사람이 이랬다저랬다 히는 게 좀 우스워 보일 수도 있는데. 내가 그게 좀 있어. 술만 마시면 감정이 좀…… 오락가락해."

"그래 보이네요."

"……미안해. 내가 참았어야 했는데. 대신 다음에 제대로 한 턱 낼게."

"그땐 형 집에서 먹거나 합시다."

"그래, 그리고 약속할게. 이런 모습 다신 안 보인다고."

강찬은 건성으로 고개를 끄덕인 뒤 답했다.

"꼭 그러길 바랍니다."

4월, 이제 막 시작된 대학교의 강의는 너무나 쉬웠다.

기본적인 개념들을 설명하고 사용되는 단어나 장비들을 알려주는 강의가 대부분이어서 모르는 걸 찾기가 더 힘들 정도로 지루한 수업이었다.

'2학년이 되면 좀 나아지겠지.'

이런 생각을 한 강찬은 학교에 나가는 대신 집에서 광고 편집에 집중했다. 편집이 발아 2단계에 오르며 전에 보이지 않던 것들이 보여 새로운 재미가 생긴 것.

그렇게 삼 주.

별다른 일 없이 시간이 흘러갔다. 강찬은 계속해서 액션스쿨에 다니며 액션을 배웠다.

한바탕한 송인섭은 쿨하게 미안하다는 사과를 해왔고 강찬은 받아주었다. 자신의 작품에 출연할 때 문제를 일으키는 게 아니라면 알아두어 해가 될 게 없기 때문이었다.

그런 일이 있고 난 뒤에도 강찬의 태도에 변함이 없자 송인섭은 강찬에게 더욱더 사근사근하게 대하며 이것저것 챙겨주었다.

그 덕에 다른 연예인들과도 안면을 많이 트게 되었고 어느새 강찬의 핸드폰에는 연예인들의 번호가 차근차근 저장되어 갔다.

그사이, 외주를 맡겼던 강찬의 홈페이지가 완성되었다.

올타임 매니지먼트(All Time Management). 줄여서 ATM. 현금자동입출금기가 생각나는 이름이었지만 그것 또한 강찬이 의도한 것이었다.

'투자해라. 그럼 ATM처럼 원하는 만큼 돈을 뽑아줄 테니.'

홈페이지에는 강찬의 이력 설명, 그리고 ATM에 소속된 이들의 정보가 있었는데 아직은 강찬 한 사람의 정보밖에 올라와 있지 않았다.

그리고 영상관에는 '우리들'의 풀 영상이 올라가 있어 누구든지 볼 수 있게 공개해 두었다.

이제 곧 광고가 완성되고 여기저기 걸리기 시작하면 광고 또한 홈페이지에 올라갈 터.

'시작은 조촐하나.'

강찬은 홈페이지의 빈 공간을 보며 상상했다.

여진주, 최윤식, 김현우, 이여름, 에일렌. 이미 알고 있는 이들을 넘어서 앞으로 대스타가 될 이들까지.

그들로 홈페이지를 가득 채울 생각을 한 강찬의 얼굴에 미소가 번졌다.

'끝은 창대하리라.'

시간은 계속 흘러 어느덧 4월 중순이 되었고 광고도 완성되었다.

에일렌의 노래는 한층 수준 높아진 강찬의 영상에 생기와 감칠맛을 더해주었고, 완성된 광고를 본 안민영 PD와 배찬수 과장은 칭찬 일색이었다.

"이거 BGM 어디서 딴 거예요? 처음 듣는 건데. 목소리도 좋고, 중간에 허밍처럼 들어간 MAKE YOUR UCC 하는 부분도 중독성 있는 게 완전 좋은데?"

"그러니까. 우리 영일에서 일하는 사람은 아닌데, 이런 인재가 있으면 혼자만 알지 말고 우리도 좀 소개해 줘요."

에일렌의 음악은 최전방에서 뛰고 있는 두 사람이 탐낼 정도로 뛰어났고, 강찬의 영상과 함께하게 되자 그 시너지는 두말할 것 없었다.

강찬의 차기작 시나리오 작업 또한 천천히 완성되어 가고 있었다.

장르는 느와르. 주제는 복수극. 둘 다 탄탄한 스토리가 기반이 되어야만 하는 것이었기에 강찬은 시나리오를 쓰는 데 있어 공을 들이고 있었다.

그리고 오늘. 4월 27일. 토요일.

"디데이네."

영일 미디어아츠 UCC 사업을 책임질 광고가 정해지는 날이자, 강찬의 미래가 정해지는 날이 밝았다.

영일 미디어아츠 이사실 앞 대기실.

평온한 표정으로 소파에 앉아 있는 강찬과는 달리 안민영 PD와 배찬수 과장은 죽을상을 하고 있었다.

"아, 과장님. 다리 좀 그만 떨어요."

"안 PD나 손톱 그만 물어뜯어. 무슨 매니큐어를 다 뜯어 먹고 있네."

안 PD와 배 과장이 아웅다웅하는 사이, 홍용희 감독과 김동섭 과장이 대기실로 들어왔다. 그들은 두 사람의 상태를 보더니 미소를 지었다가 강찬을 보고 의아한 표정을 지었다.

두 베테랑이 긴장하고 있는데 정작 초짜가 평온한 표정을 짓고 있으니. 그 모습을 본 홍용희가 강찬에게 말했다.

"벌써 포기한 거야?"

"그래 보입니까?"

홍용희가 고개를 끄덕이자 강찬이 미소를 지으며 답했다.

"전혀 아닌데요."

"흠, 글쎄. 자신이 없어 보이는데."

"그건 그렇습니다. 자신이 없긴 해요."

그제야 원하는 대답이 나왔다 생각한 홍용희가 입을 열려는 순간, 강찬이 이어 말했다.

"질 자신이."

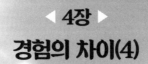

◀ **4장** ▶
경험의 차이(4)

　강찬의 대답에 배 과장과 안 PD가 헛웃음을 터뜨렸다.

　잘 익은 토마토처럼 얼굴이 붉어진 홍용희가 벌떡 일어서 강찬에게 삿대질을 한 순간.

　"들어가시죠."

　비서의 목소리에 홍용희는 소리 지를 타이밍을 놓치고 말았다. 강찬은 그의 손가락 끝에 대고 고개를 까닥여 인사를 한 뒤 먼저 일어서 이사실로 들어갔다.

　"홍 감독이 참아요. 아직 애잖아요? 괜히 질 거 같으니까 저러는 겁니다."

　김 과장이 그를 띄워주었지만 새빨개진 홍용희의 얼굴은 가라앉을 기미가 보이질 않았다. 홍 감독이 숨을 고르고 있는 사이, 이사실로 들어선 강찬은 백중혁 이사에게 허리 숙여 인사를 건넸다.

"오랜만에 뵙습니다."

"어서 오게나. 홍 감독은?"

그의 물음에 배찬수 과장이 미소를 지은 채 답했다.

"바깥에 있었는데 무슨 일이 있는 모양인지…… 곧 들어올 겁니다."

"그런가. 그럼 강 감독부터 진행하지. 어떻게 되었나? 내 머릿속에서 홍 감독의 광고를 지워 버릴 만큼 완벽한 광고를 완성해 왔나?"

그의 물음에 강찬은 자신 있는 미소를 지으며 답했다.

"말보다는 작품으로 보여드리겠습니다."

강찬은 준비해 온 CD를 꺼내 이사실 컴퓨터에 집어넣었다. 그리고 로딩이 되길 기다리고 있는 사이, 어느 정도 안정이 된 홍 감독과 김 과장이 이사실로 들어오며 허리를 숙였다.

"죄송합니다."

"뭐 많이 늦은 것도 아닌데. 괜찮네. 강 감독 먼저 하기로 했는데 상관없나?"

"예."

뒤통수로 느껴지는 따가운 시선은 분명 홍 감독의 것일 터. 강찬은 뒤도 돌아보지 않은 채 세팅을 완료한 뒤 백중혁 이사에게 말했다.

"그럼 재생하겠습니다."

"그러게나."

달칵하는 클릭 소리와 함께 강찬의 영상이 시작되었다. 지금까지 수없이 봐 온 영상이었지만 긴장이 되는 건 어쩔 수 없었는지 강찬의 목울대가 움직이며 마른침을 삼켰다.

"호오."

강찬의 영상은 한 달 전과는 달랐다. 분명 장면은 같았으나 재촬영이라도 한 것처럼 편집점 자체가 아예 달라져 있었다. 그 차이는 작았지만, 결과에서는 확연히 차이가 났다.

15초짜리 TV용 광고 하나가 끝나고 두 번째 광고가 재생되려 할 때, 백중혁이 손을 들며 말했다.

"새로운 스태프를 구했나? 편집하는 사람이 달라진 것 같은데."

"아뇨."

강찬은 그가 어째서 이런 질문을 하는지, 듣고 싶은 대답이 무엇인지를 단번에 캐치해 냈다.

그도 그럴 것이 자신이 백중혁이라도 궁금할 테니까. 단기간에 이렇게 달라진 이유에 대해서.

하지만 강찬은 쉽게 대답해 줄 생각이 없었다.

지금 이 자리는 자신을 어필하고 판매하는 자리다. 한 번에 모든 것을 보여주기보단 상대가 궁금해하고 답을 찾기 위해 강찬에게 매달리게 해야 하는 자리인 것이다.

"그럼 외주를 준 겐가?"

"그것도 아닙니다."

"그럼 뭔가. 한 달 만에 자네의 실력이 이 정도로 달라졌다고?"

"그겁니다."

여유 있는 대답에 백중혁이 헛웃음을 터뜨렸다.

'노력하는 사람은 나아간다.'

백중혁의 모토이자 영일 미디어아츠의 사훈이기도 하다.

참 간단한 말이지만 백중혁 인생에 그런 사람은 몇 없었고, 그런 이들은 전부 백중혁의 이름에 버금갈 정도로 높은 위치, 혹은 빛나는 보석이 되어 있었다.

'이놈도 그런 부류인가.'

백중혁의 눈이 강찬을 훑었고 강찬은 그의 시선을 피하지 않은 채 마주 보았다. 그러길 잠시.

강찬은 여유로운 태도로 백중혁의 말을 기다렸고, 홍용희는 백 이사와 강찬, 두 사람의 얼굴을 번갈아 보며 입술을 씹어댔다.

홍용희은 광고 전문 감독. 강찬이 만들어낸 광고가 가진 파급력은 보는 순간 캐치할 수 있었다. 그랬기에 입술을 씹고 있는 것이었고.

"일단, 마저 보지."

"예."

다시 강찬의 광고가 재생되었다.

15초짜리 6개. 그리고 그것들의 하이라이트를 편집한 1분짜리. 마지막으로 전부를 합친 영상까지.

모든 영상이 끝나자 백중혁 이사가 미간을 짚은 뒤 긴 한숨을 내쉬었다. 한동안 미간을 주무르던 그는 생각이 끝난 것인지 강찬을 바라보며 물었다.

"음악 또한 자네가 만든 겐가?"

"아뇨."

"그렇군."

처음 15초짜리를 보았을 때와는 다른 무표정한 얼굴. 하지만 강찬은 확신할 수 있었다. 강찬이 만든 광고 'YOU'가 백중혁의 머릿속에 각인되었다는 사실을.

"홍 감독, 재생하게."

"예."

곧 홍용희 감독의 광고가 재생되었다. 한 달 전, 껍데기뿐인 승리를 맛보았기 때문일까. 그의 광고에서 달라진 것을 찾기는 힘들었다.

'고마워해야겠는데.'

한 번의 패배, 그리고 홍용희의 말 때문에 강찬이 더욱 노력하게 되었고, 생각했던 것보다 훨씬 나은 결과물을 뽑아낼 수 있었다.

강찬의 것은 발전했으나, 홍용희는 그대로다. 이 극명한 차이에 강찬의 확신은 더욱더 굳어졌다.

홍용희의 영상이 끝나기도 전, 김 과장의 고개가 푹 떨어졌다. 그에 반해 강찬을 데려온 안 PD와 배 과장의 얼굴에는 웃음꽃이 피어나고 있었다.

그렇게 홍 감독의 광고가 끝났을 때, 백중혁 이사가 말했다.

"이번에는 자네에게 물어야겠구먼. 홍 감독."

"예."

"자네가 보기에, 누구의 것이 더 나은가?"

패배를 직감한 탓일까, 자신만만했던 홍용희는 쉽게 대답하지 못했다. 그 모습에 백중혁의 시선이 강찬에게로 돌아갔다.

"강 감독, 자네는 어떤가? 자네가 말한 대로 날것이 진수성찬이 되었다 생각하나?"

"확신합니다."

"어떤 면에서?"

"전부입니다."

좋은 말로는 패기, 나쁜 말로는 거만한 태도였으나 백중혁은 고개를 끄덕일 수밖에 없었다. 그가 느끼기에도 이 광고는 진수성찬이었다.

숏컷 6개와 미디엄 1개, 롱 1개. 총 8개의 광고는 어떤 것을 보아도 '맛'이 있었다. 더 보고 싶은, 다시 보고 싶은, 그리고 기억에 남는 '맛'이.

"분명 강 감독의 것을 먼저 보았고, 홍 감독의 것을 나중에 보았지. 그런데도 내 머릿속에 남아 있는 CM송과 내레이션은 '메이크 유어 유씨씨'일세. 다른 광고를 보았음에도 뇌리에 남아 있다는 것은 그만큼 잘 만든 광고라는 거겠지. 하물며 '다른 광고'가 경쟁작이라면 더더욱."

잠시 숨을 고른 그는 홍용회를 바라보며 말했다.

"자네의 것도 훌륭했네. 축배를 너무 일찍 든 게 패인이라면 패인이겠지. 그간 고생했네. 나가보게나."

홍용회는 무언가 할 말이 남은 듯 입술을 오물거렸지만 끝내 내뱉지 못했다.

그와 김 과장이 이사실을 나가고 문이 닫히자 무표정했던 백중혁의 얼굴에 함박웃음이 걸렸다.

"안 PD, 배 과장. 자네 둘의 안목에 내 감사하지. 어디서 이런 원석을, 그것도 이런 계약 조건으로 데려왔는지 모르겠구먼. 아예 전속으로 계약을 해버렸으면 좋았겠지만…… 어쨌거나 고맙네."

"아닙니다, 이사님."

"감사합니다."

두 사람을 향한 칭찬이 끝나자 자연스레 모두의 시선이 강찬에게로 향했다.

"강 감독, 잘했네. 이미 결과를 발표한 마당에 이런 말 하긴 뭐하지만, 자네는 재능이 있네. 솔직히 말해 배우들의 연기는 거기서 거기였네. 그 여자아이가 노래하는 부분이 인상적이긴 했지만, 그것뿐이었지. 하지만 다른 모든 것에서 차이가 났네. 사람을 궁금하게 만드는 편집과 연출, 그리고 그 궁금함을 지루하지 않게 해주는 음악과의 조화까지."

백중혁은 강찬의 광고를 회상하듯 천장을 바라보며 손을 들어 올렸다.

"내가 원하는 광고였네. 그래서 말인데."

"예."

"굳이 인터넷을 통할 필요도 없이, 바로 공중파를 비롯한 TV CF로 내보내는 건 어떻겠나."

파격적인 제안에 강찬의 미간이 꿈틀댔다. 그로서는 당연히 수락할 수밖에 없는 제안, 아니, 애초에 그에게 선택권은 없었다.

'그런데도 이런 말을 한다는 것은.'

"제가 해야 할 일이 남았군요."

"하하하, 눈치가 빨라서 좋구먼. 그래, 나머지 이사들을 설득해 주게. 지금 이 자리에서 말일세."

할 수 있을까? 하는 생각이 든 순간, 강찬은 헛웃음을 터뜨렸다. 할 수 있을까라니. 무조건 해야 하는 일이고 해내야 하는 일이다.

해내는 순간, 상업 영화까지의 길이 몇 발자국, 아니, 몇십 발자국은 줄어들 테니.

고개를 끄덕인 강찬은 자신의 손목시계를 슬쩍 보고선 물었다.

"몇 시까지 준비하면 되겠습니까?"

"광고의 제목은 'YOU'입니다. 이 광고를 모든 사람이 UCC를 만들 수 있다는 것을 내포한 제목이며, 그것을 표현하기 위해 다양한 연령대, 그리고 다양한 취미를 넣은 광고를 준비했습니다. 그리고……."

다섯 명의 이사가 테이블에 앉아 강찬의 설명을 듣고 있었으며, 그들의 뒤로는 몇몇의 사람이 팔짱을 낀 채 서서 그의 설명에 귀를 기울이고 있었다.

가끔 안 PD와 김 과장이 그들과 대화를 나눌 때, 그들의 태도를 보면 두 사람보다는 높은 직급으로 보였으나 사원중을 하지 않고 있어 제대로 된 직급을 알 순 없었다.

강찬은 그들에게서 시선을 뗀 뒤 설명을 이어갔다.

"……음악 또한 중독성을 중시해 컨트리 스타일의 포크송으로 준비했으며 편집점 또한 그것에 집중했습니다. 이상 설명은 끝입니다. 광고 재생이 끝난 뒤에도 질문 시간을 받긴 할 겁니다만 지금 궁금한 게 있으신 분이 있다면 질의응답 시간을 갖도록 하겠습니다."

강찬의 설명은 사람을 빠져들 게 하는 묘한 매력이 있었다. 무언가 눈에 띄는 제스처라거나 톤의 변화가 없음에도 그의 목소리를 듣다 보면 어느새 그의 말에 집중을 하고 있게 됐다.

강찬의 능력인 '연설'과 '액션', 그리고 '연기'가 만들어낸 하모니였지만 그것을 알 리가 없는 이들은 그저 스무 살 대학생이 대단하다는 생각밖에는 할 수 없었다.

"질문 없으시면 재생하겠습니다."

-당신의 UCC를 만드세요. MAKE YOUR UCC.

적은 시간을 투자해 만든 영상으로도 인지도와 명성, 그리고 돈을 벌 수 있다는 것을 은근히 표현한 장면을 끝으로 그의 광고가 끝났다.

"질문 있는 분은 말씀을……."

강찬의 말이 끝나기도 전, 네 명의 이사가 동시에 손을 들어 보였다가 서로를 바라보았다. 그러곤 눈빛으로 순서를 정한 뒤에야 한 명의 이사가 말했다.

"이 광고를 본인이 직접, 다른 이의 도움 하나 없이, 만든 것 확실합니까?"

강찬이 대답하려던 그때, 백 이사가 먼저 손을 들며 다른 이사의 말에 대답했다.

"이 회의는 공중파 CF로 바로 내보낼지를 정하는 자리요. 회의와 관계없는 질문이지만 어쨌거나 강찬 감독이 홀로 만든 것이 맞소. 이후 안건과 관련되지 않은 질문은 삼가주시길 바라오."

강찬은 백 이사에게 살짝 고개를 숙여 감사를 표한 뒤 말을 이었다.

"제작 과정을 담은 파일도 있으니 원하시는 분들께는 공개해드리겠습니다. 그럼 다음 분."

남은 셋 중 두 명이 손을 내렸다. 아마 비슷한 질문을 하려 했던 모양. 혼자 남은 마지막 이사가 물었다.

"너무 평범한 광고 아닌가? 물론 이대로 CF로 나가도 될 만한 퀄리티이기는 하네. 자네 말대로 중독성도 있고 뇌리에도 남지. 하지만 이 광고를 보고 '아 나도 UCC를 찍어볼까?' 하는 생각이 들진 않아 보이네만."

"옳은 말씀이십니다. 광고가 모든 사람의 입맛에 맞을 순 없다고 생각합니다. 광고에서는 모든 연령층을 노리긴 했지만 실제로 UCC를 만드는 건 10~30대겠죠. 그들에게만 어필할 수 있다면 성공이라 생각합니다."

이사는 강찬의 자신만만한 태도가 마음에 들지 않는 듯 흠, 하는 소리를 내었다. 백 이사 또한 상정하고 있던 질문이 아닌지 미간을 구겼다.

이사들의 표정을 본 강찬은 이 문제를 쉬이 넘길 수 없음을 직감했다. 그 순간, 그의 머리가 빠르게 돌았다.

다른 이사들이 시선이 강찬의 얼굴로 향하며 의문을 가질 때쯤, 생각을 마친 강찬이 말을 이었다.

"하지만 이사님이 그렇게 생각하신다면 CF로 내보내기 전, 제대로 된 결과를 보여드려야 하는 게 맞다는 생각이 드는군요."

말을 하는 사이, 모두의 시선을 끌어모은 강찬이 짧게 숨을 고른 뒤 말을 이었다.

"테스트를 하나 해보시는 건 어떻습니까? 이 광고를 간단히 사내 방송으로 튼 뒤 설문지를 내어주는 겁니다. 당신이 이 광고에 한 달간 노출이 되었을 때, UCC를 찍어보겠다는 생각이 든다, 안 든다로 말입니다."

질문을 했던 이사의 고개가 끄덕여졌다.

영일 미디어아츠의 직원들은 전부 미디어 계열에 종사하는 사람들이다. 그런 이들에게 호응을 얻어낼 수 있다면, 일반인에게는 당연히 어필할 수 있다는 뜻이나 다름없었다.

"그게 좋겠군."

"나쁘지 않은 생각이야."

다른 이사들 또한 그렇게 생각하는지 고개를 끄덕이며 서로의 의견을 통일시켰고 곧 의견을 종합한 백 이사가 강찬에게 말했다.

"그렇게 하지. UCC를 찍겠다는 응답이 50%를 넘을 시, 바로 공중파 CF로 진행하는 것으로."

'50%라.'

감이 오지 않는 수치였다. 광고를 잘 뽑았고 사람들의 시선을 끌 수 있을 것은 확신한다. 하지만 광고를 보는 이들의 절반을 설득할 수 있을까.

하지만 이미 던져진 주사위. 지금은 결과가 어떻게 나올지에 대해 고민하는 모습을 보일 때가 아니었다.

이사들에게 자신의 가치를 입증하는 자리, 당연히 될 것이라는 믿음과 그것을 이루어낼 수 있다는 자신감을 보일 때였다.

이사 다섯이 모여 지시하자 일의 진행이 빛의 속도와 같았다. 몇 가지 문항이 적힌 종이가 수백 장 프린트되고 각 부서에 배달되었다. 그리고 모든 이가 일을 멈춘 뒤 강찬의 광고를 보았다.

'······참.'

말 한마디로 수백 명의 사람이 자신의 광고를 보고 있다니. 그것도 일하다 말고 멈춰서. 한 손에는 펜을, 다른 한 손에는 종이를 들고 말이다.

이게 권력인가 하는 것도 잠시, 강찬의 광고가 시작되었다.

그 시간, 영업 2과 사무실.

종이를 받아 든 박 과장이 말했다.

"무슨 광고길래 전 사원이 보래."

영화로 시작해 방송과 광고까지. 어언 10년 가까이 일한 그가 말하자 주변의 사원들이 그의 말을 거들었다.

"그러게 말입니다."

"제 생각에는 광고 최종 시안 같습니다. 수정 방안이 안 나오니까 백지장이라도 맞들어보자는 심정 아니겠습니까?"

그들의 말에 박 과장이 심드렁한 얼굴로 화면을 바라보았다.

영일 미디어아츠는 미디어 업계에서 알아주는 업체, 여기 입사했다는 것 하나만으로도 그 능력은 인정받은 것이나 마찬 가지였다.

그런 이들 전부를 데리고 광고를 테스트하다니. 얼마나 능력이 있기에, 하는 생각이 들었다.

"아, 시작합니다."

곧 광고가 시작되었다. 15초짜리 첫 광고가 끝났을 때, 박 과장이 말했다.

"UCC 광고인가?"

"그렇겠죠? 아무래도 요즘 UCC 붐이니까 말입니다."

"잘 만들긴 했네. 근데 광고라기보다는 좀 영화 티저 같지 않아? 너무 화려한데."

"그래도 과장님 말씀대로 잘 만들긴 한 거 같은데요."

그가 말할 것도 없이 직원들의 시선은 화면에 꽂혀 움직일 줄 모르고 있었다. 게다가 BGM으로 나왔던 음악에 따라 손가락이나 다리를 까닥거리는 이들이 있을 정도.

그렇게 15초짜리 6개가 연속으로 재생되었을 때.

박 과장은 자신도 모르게 BGM을 따라 박자를 타고 있었다.

"야, 권 주임. UCC 저거 우리도 할 수 있지 않겠냐?"

"그렇겠죠? 우리가 하는 일이 영상 만드는 건데."

"스무 살짜리가 영화감독이 될 정도면 나도 할 수 있을 것 같은데?"

곧 1분짜리와 3분짜리가 끝나자 박 과장은 자신의 옆에 있는 사원에게 말했다.

"한번 해볼까?"

"우리 영업 팀끼리 한번 만들어보는 겁니까?"

"그래. 영화까진 아니더라도, 단편 역할극 같은 거 한번 해보면 재미있겠……."

말을 잇던 박 과장의 눈이 설문지로 향했다. 그리고 그중 마지막 문항에 시선이 꽂혔다.

당신이 한 달간 이 광고에 노출되었을 때, 당신은 UCC를 만들고 싶다는 생각이 들 것 같습니까?

그 순간 그는 말을 멈춘 뒤 헛웃음을 지으며 말했다.

"……광고 맞네, 저거."

박 과장이 씁쓸하게 혀를 차며 설문지를 작성하고 난 뒤의 이사실.

몇 문항 없었기에 설문은 빠르게 끝났고 모든 종이는 다시 이사실로 넘어왔다. 결과 집계를 하는 사이 백 이사가 강찬에게 다가오며 물었다.

"어떻게 그런 생각을 했나?"

"투표 말입니까?"

"그래. 내가 발표를 할 때 그런 질문을 받았더라도 자네와 비슷하게 대답했을 걸세. 그러곤 반감을 샀겠지. 거기까진 같은데 자네는 '투표'라는 효율적인 해결책을 제시하며 반감을 호의로 바꿔 버렸네."

자신이 잘한 일을 하나하나 풀어서 듣는 것은 상당히 부끄러운 일이었다. 강찬이 머쓱하게 웃자 백중혁이 그의 어깨를 툭툭 두들기더니 말을 이었다.

"어쨌거나 잘했네. 사실 50%라는 수치가 나오긴 힘들 걸세. 애초에 한 달이라 가정하는 거지, 실제로 한 달 동안 광고에 노출된 게 아니니까. 하지만 실망하지는 말게나. 다른 이사들의 호의를 샀으니 공중파 진출은 확정이나 마찬가지일세. 물론 시간이야 좀 더 걸리겠지만."

지금 강찬에게 모자란 것은 돈도, 인재도, 인지도도 아니다.

'그 시간이 문젭니다.'

강찬은 고개를 휘휘 저은 뒤 답했다.

"감사합니다. 그래도 끝까지 결과는 봐야죠."

"하하, 그건 그렇지. 내가 너무 부정적으로 생각했구먼그래."

어느새 강찬을 바라보는 백중혁의 눈에서는 꿀이 떨어지고 있었다.

그렇게 대화를 나누고 있을 때.

결과 집계가 끝났다는 말과 함께 모든 이사가 모였다. 그리고 어느새 단상에 오른 배찬수 과장이 집계가 담긴 봉투를 든 채 말했다.

"그럼…… 결과 발표하겠습니다."

그 또한 긴장되는지 마른침을 꿀꺽 삼키고서는 봉투를 열었다. 그러곤 종이를 보았을 때.

그는 입가에 환한 미소를 건 채로 강찬과 눈이 마주쳤다. 숨기지 못하고 드러난 감정에 강찬 또한 웃음을 터뜨리고 말았다.

이미 결과가 나온 것이나 다름없었지만 배찬수는 흠흠, 하고선 목을 가다듬은 뒤 집계 내용을 발표했다.

"집계 결과, 해보겠다 50.4%, 하지 않겠다 49.6%입니다."

모든 회의가 끝난 후, 소회의실에 강찬과 배찬수 과장, 그리고 안민영 PD가 모였다.

배찬수 과장은 짜릿한 승리의 여운을 만끽하듯 눈을 게슴츠레 뜨며 말했다.

"반하겠어."

"……남자한텐 관심 없습니다."

"그럼 여자라도 소개해 줄까?"

"괜찮습니다."

강찬이 거부하자 배 과장이 손을 휘휘 저으며 말했다.

"배우? 아이돌? 연상? 연하? 취향이 어느 쪽인데? 내가 이쪽 바닥 10년……."

배 과장의 말에 안민영이 어이가 없다는 듯 웃으며 끼어들 었다.

"강 감독 여진주랑 영화 찍은 사이인데? 여진주급 아니면 눈 에 차지도 않을걸?"

"아, 맞다. 그럼……."

배 과장이 본격적으로 핸드폰을 뒤지려 하자 강찬이 손을 뻗으며 말했다.

"아뇨. 진짜 관심 없어요. 시간도 없고."

"진짜?"

"예."

"왜? 나이도 어려, 능력도 있어, 외모도 출중해."

그러자 안민영이 끼어들었다.

"에이, 마지막 거는 좀 아부다."

"왜? 강 감독 정도면 출중하지. 안 꾸미고 다녀서 꾸미면 여자 여럿 울릴 상이야. 뭐 어쨌거나 그런 강 감독이 왜 연애를 안 해?"

"말씀드렸잖아요. 시간이 없다고."

"이제 막 대학생 된 스무 살이 시간이 없다고?"

"예."

두 사람은 그를 향해 이해할 수 없다는 시선을 보냈지만, 강찬은 굳이 대답하지 않았다. 그러자 배 과장이 안민영을 바라보며 작게 말했다.

"혹시 그런 건가? 뭐 나는, 영화랑 결혼했습니다. 이런 거?"

"그럴 수도 있겠네. 좀 멋있는데?"

강찬은 고개를 휘휘 젓고선 말했다.

"이만 일어나 보겠습니다."

"에이, 한잔해야지? 안 PD 말 들어보니까 엄청 말술이라던데. 오늘같이 좋은 날 아니면 언제 한잔해?"

"저녁에 뵙죠. 학원 갔다 와야 해서요."

"세상에 벌써 비싸진 거 봐. 안 PD, 이런 게 바로 화장실 들어갈 때 나올 때 다르다는 거 아니냐?"

"내가 볼 땐 배 과장님이 달라진 거 같은데."

"안 PD, 벌써 라인 타는 거야?"

"그거 괜찮은데. 그럴까요? 배 과장님보다는 강 감독 미래가 더 밝아 보이는데."

그들과 즐겁게 대화를 나누던 강찬은 시간이 된 것을 보고 양해를 구한 뒤 일어났다.

오늘은 액션스쿨에서 수업이 있는 날. 이제 곧 영화 촬영을 시작해야 하기 때문에 박차를 가해야 하는 시점이었다.

인사를 마친 강찬이 밖으로 나와 엘리베이터 앞에 섰을 때.

"기분 좋겠다?"

지금까지 기다린 건지, 아니면 지나가다 마주친 건지 모를 홍용희 감독이 그의 옆으로 다가와 섰다.

그는 전보다 노골적인 눈으로 강찬을 노려보며 말했고 강찬은 웃는 낯으로 답했다.

"그럼요. 홍 감독님은 별로 안 좋아 보이시네요."

그의 말에 홍용희의 미간이 팍 찌그러졌다. 그러곤 짧게 혀를 차며 말했다.

"너 그러다 큰코다친다. 겸손하게 살아, 인마. 한 번 이겼다고 세상이 다 네 거 같지?"

"그럼요."

"뭐?"

"아, 겸손하게 살겠다는 말입니다. 세상이 다 제 거 같다는 소리가 아니라."

강찬은 여전히 웃는 낯이었지만 그의 눈은 차갑게 가라앉아 있었다. 그 눈을 본 홍용희는 무어라 욕을 하려다 이곳이 회사 안임을 생각하며 목소리를 낮추었다.

"적당히 해라. 내가 누군지 몰라? 나 홍용희야. 이 업계에서 다시 일하고 싶으면……."

"안타깝게도 이 업계에서 다시 일할 생각은 없습니다. 광고 계는 지나가는 길이지 제가 지향하는 곳이 아니거든요. 그리 고 홍 감독님, 대학생한테 저서 분한 건 일겠는데 자꾸 이러시 는 모습 보기 좋지 않습니다."

"이 새끼가……."

우물 안 개구리가 이럴까.

강찬은 자신을 싫어하는 사람을 포용할 만큼 넓은 마음을 가진 사람이 아니다. 게다가 그런 이가 자신을 내리누르려 한 다면 더욱이나.

그때, 안민영 PD가 회의실을 나와 이쪽으로 오는 것이 보였 다. 강찬은 별말 없이 그녀에게 고개를 끄덕였고 홍용희의 시 선이 자연스럽게 안민영에게로 향했다.

안민영을 본 그는 짧게 혀를 찬 뒤 말을 이었다.

"너, 조심해라."

"예. 걱정해 주서서 감사합니다."

강찬이 대답을 마쳤을 때, 어느새 가까이 다가선 안민영이 두 사람을 바라보며 말했다.

"두 감독님이 친목을 도모하실 사이는 아니고, 어쩐 일로 모여 계실까요?"

그러자 홍용희는 짧게 혀를 차며 고개를 돌렸고, 그 모습을 본 강찬은 헛웃음을 흘리며 어깨를 으쓱였다.

"별일 아닙니다."

강찬의 태도에서 무슨 일이 있는 것을 직감한 안민영이 홍용희를 바라보았지만, 그는 엘리베이터를 바라보고 있을 뿐이었다.

'멍청한 놈. 자기가 대학생한테 실력으로 밀렸다면 왜 밀린 것인지 이유를 분석하고 앞으로 나아갈 생각을 해야지.'

그 문제를 자신보다 잘난 사람에게 돌리면서 화를 내면 뭐가 해결된단 말인가.

"쯧."

강찬은 짧게 혀를 찬 뒤 도착한 엘리베이터에 몸을 실었다. 홍용희는 기분이 상한 것인지 엘리베이터 타지 않은 채 강찬을 노려보았다.

만약 눈빛으로 사람을 죽일 수 있었다면 강찬의 머리에 구멍이 날 정도로 강렬한 눈빛이었다.

그의 눈빛에 강찬은 웃는 낯으로 말했다.

"조언 감사합니다."

엘리베이터 문이 닫히자마자 쾅! 하고 문을 발로 차는 소리가 들렸다. 놀란 안민영이 토끼 눈을 하고 강찬을 바라보며 물었다.

"무슨 일이야?"

사람이 살아가면서 언제나 이기고 살 수만은 없다.

돌아오기 전, 강찬은 승리한 적보다 진 적이 많았고 그런 경험이 쌓여 지금의 강찬이라는 사람을 만든 것이다.

발아 능력을 지닌 강찬도 언제 어디서 나타난 천재에게 패배할지도 모른다. 하지만 강찬은 홍용희처럼 추하게 무너질 생각은 없었다.

넘어졌다면 일어서면 되는 거고, 일어설 수 없다면 기어서라도 전진하면 되는 것이다.

"뭐라고 말씀드려야 하나…… 경험의 차이랄까요."

"뭐?"

안민영은 여전히 모르겠다는 듯 강찬을 바라보았지만, 그는 미소로 일관할 뿐 대답해 주지 않을 것처럼 보였다.

액션스쿨에서 연습을 마친 뒤 배 과장과 안민영 PD가 함께하는 술자리까지 끝낸 강찬은 집으로 돌아왔다.

"후."

이제 내일부터 인터넷 대형 포털로 그가 만든 광고가 나갈 것이며 일주일 정도 뒤부터는 공중파에서도 그의 CF를 볼 수 있을 것이었다.

'이제부터 실전이다.'

발판은 모두 완성되었으니 이제 진짜 영화를 찍을 때가 된 것이다.

'문제는 제작비인데.'

강찬이 가진 돈은 천만 원가량. 이제 곧 영일 미디어아츠에서 인센티브가 들어오겠지만 그 돈은 아무리 짧게 잡아도 3개월 뒤에나 들어온다.

즉, 당장 제작비로 사용할 돈이 모자라다는 것.

현재 강찬이 노리고 있는 것은 단순한 독립 영화 제작이 아니었다. 독립 영화제의 꽃이라 불리는 선댄스 영화제를 노리고 있었다.

선댄스 영화제의 출품 마감 기한은 10월 1일. 즉, 앞으로 강찬이 영화를 제작할 수 있는 시간은 5개월밖에 남지 않았다는 뜻이었다.

"……5개월?"

독립 영화를 만드는 데 5개월이라니. 그의 영화는 적어도 90분 정도 되는 러닝타임일 것이다. 그런 영화를 5개월 만에 만드는 것은 무슨 수를 써도 무리다.

'그럼 내년……'

강찬은 고개를 저었다.

이런 좋은 기회를 두고 1년을 날린다? 물론 선댄스 영화제가 아니더라도 충분히 그의 가치를 입증할 수 있는 방법은 많다.

하지만 이번 기회가 아니라면 강찬은 다시 독립 영화를 제작할 타이밍이 없었다.

연예계로 따지자면 신인상의 느낌.

"할 수 있을까."

무모한 도전 수준이 아니라 불가능한 도전. 그랬기에 호승심이 들었다.

강찬의 목표는 100억 명의 욕망을 얻는 것.

어지간한 방법으로는 22년 안에 100억 명을 모으는 것은 불가능하다. 그러니, 이 정도는 해내야 한다.

"선댄스. 그래, 해보자."

천천히 고개를 끄덕인 강찬은 촬영 계획표를 작성해 보았다. 그가 쓴 시나리오가 완성된 것은 아니었지만 중요한 장면은 완성된 상태.

개략적인 예산을 짠 강찬은 또다시 한숨을 내쉬었다.

'오천만 원이라.'

강찬은 이번 영화의 주연을 자신이 직접 맡을 생각이었다. 배우에게 나가는 돈을 아끼려는 생각도 있었지만, 그보다 자신의 인지도를 쌓으려는 의도가 더 컸다.

아무래도 대중에게 더 잘 어필할 수 있는 건 감독보다는 배우였으며 지금 강찬에게 필요한 것은 그 인지도였다.

배우와 감독을 동시에 맡아 투자자와 대중의 시선, 두 마리 토끼를 동시에 잡으려는 것이었다.

'문제는 이 돈을 어디서 구하지.'

서대호의 아버지이자 첫 투자자인 서태산. 그에게는 이미 천만 원을 투자받았으니 제외.

'그럼 봉준혁 감독?'

강찬은 고개를 저었다. 이미 도움을 받은 데다가 그의 영화를 제작하기도 빠듯한데 오천만 원이라는 거금을 빌려달라 할 순 없었다.

'그럼…… 남은 건 배혜정 배우인데.'

여진주의 어머니이자 강찬에게 호의적인 태도를 보이고 있는 그녀라면 오천만 원 전부는 아니더라도 어느 정도의 투자는 해줄 가능성이 있었다.

하지만 가능성이 적었다.

그가 가진 가능성이나 정보를 미리 꺼내 보여줄 수도 없는 지금, 강찬이 가진 것은 다음 작품에 대한 시나리오와 우리들, 그리고 광고뿐이었으니까.

세 사람의 이름을 쓴 뒤 고민을 하던 강찬은 그 뒤에 '영일 미디어아츠 백중혁 이사'를 적어 넣었다.

이번 광고 건으로 자신의 이름을 제대로 각인시켰으니 백중혁 이사에게도 비벼볼 만했다.

잠시 고민하던 강찬은 다른 이름에 모두 선을 그은 뒤 '배혜정 배우'에 동그라미를 쳤다.

"후."

그녀는 배우이자 스타이며 뛰어난 수완가다. 그녀가 십수 년째 화장품 모델로 있는 회사의 지분을 가지고 이사로 경영에 참여하고 있을 정도니. 게다가 그녀가 연예계에서 갖는 영향력은 어지간한 원로 배우 수준.

그런 그녀에게 자신의 가치를 어필하고 투자를 받을 수 있다면, 앞으로의 일은 더욱 쉬워질 것이다.

"한번 해보자."

다음 날.

강찬은 배혜정과 여진주의 번호를 두고 고민하고 있었다. 여진주를 통해 말을 먼저 전하는 게 맞을까, 아니면 배혜정에게 직접 전화를 걸까.

그렇게 고민하고 있을 때.

-오빠, 뭐 해요?

여진주에게 문자가 왔다. 요 근래 여진주와 문자를 자주 했기에 타이핑 속도가 빨라진 강찬은 익숙한 손놀림으로 답장을 보냈다.

아니, 보내려 했다.

-나 오늘 세 달 만에 처음으로 휴식. 스케줄 펑크 났대요.
-그래서 저녁에 시간 나는데.

열아홉 여고생이라 그런가, 절대 제 입으로는 먼저 만나자는 말을 하지 않는다. 귀여운 모습에 미소를 짓던 강찬은 이내 미간을 찌푸렸다.

아무리 빨라졌다 한들 진짜 10대의 타이핑 속도는 못 따라간다는 것을 인정한 강찬은 문자를 보내는 것을 포기하고 그녀에게 전화를 걸었다.

"그럼 오늘 볼 수 있는 건가?"

-아, 그럴까요?

"오랜만에 휴일인데 가족들하고 시간 보내야 하는 건 아니고?"

-네.

단호한 대답에 할 말이 없어진 강찬은 큼큼, 하고 헛기침을
한 뒤에 말을 이었다.

"그럼 언제쯤 볼래?"

-조금 이따 6시에 카페에서 봐요.

"알았어."

-나올 때 선불 까먹지 마세요.

"그럼. 조금 이따 보자."

-네!

여진주와 전화를 끊은 강찬의 입가에 미소가 걸렸다. 강찬
과 여진주 모두 각자의 일 때문에 못 본 게 어언 두 달여. 오랜
만에 그녀를 본다는 생각에 기분이 좋아진 것이었다.

시계를 보니 약속 시각까지 남은 시간은 3시간여. 카페에
나가 작업을 하는 것도 나쁘지 않겠다 생각한 강찬은 씻고 몸
단장을 마친 후 작업물을 들고 카페로 향했다.

딸랑, 하는 차임벨 소리와 함께 여진주가 들어왔다.

새하얀 피부를 부각하는 검은 폴라 스웨터, 빨갛고 까만 체
크 패턴이 들어간 플레어스커트와 검은 스타킹.

누가 배혜정 딸 아니랄까 봐 그녀의 패션 센스까지 물려받
은 모양이었다.

"허."

그렇게 꾸며놓고는 선글라스와 마스크로 얼굴을 감춘 상태였다. 이제 곧 데뷔를 하니 주변의 시선이 신경 쓰는 모습.

곧 강찬을 발견한 그녀가 다가왔고, 강찬은 짐을 챙겨 자리에서 일어서며 말했다.

"자리 옮기자."

"예? 왜요?"

"너 엄청 불편해 보이는데."

강찬이 그녀의 선글라스와 마스크를 가리키자 여진주는 어색하게 웃었다.

"그럴까요? 근데 어디로 가지?"

"아직 밥 안 먹었지?"

"네."

"그럼 내가 아는 곳으로 가자."

강찬은 여진주와 함께 룸 형식의 레스토랑으로 향했다.

음식을 주문한 뒤 문이 닫히자 여진주가 마스크를 벗으며 짧은 한숨을 뱉었다.

"아직 데뷔도 안 했는데 벌써부터 다 가리고 다니라 그러고, 만나는 사람 가리라 그러고. 아주 죽겠어요."

"앞으로는 더 심해질 텐데?"

"그렇겠죠?"

"앞으로는 이렇게 얼굴 보기도 힘들겠네."

여진주는 아쉬운 듯 입술을 비죽이다 강찬과 눈이 마주치자 눈을 피했다. 그러곤 손가락을 꼼지락거리다 물었다.

"언제 왔어요?"

"아까 와서 작업하고 있었어. 안 추워?"

"4월도 끝나 가는데 춥긴, 그것보다 어때요?"

"잘 어울리네."

그의 칭찬에 기분이 좋아진 여진주가 미소를 지었다가 갑자기 아, 하는 소리와 함께 강찬을 빤히 바라보았다.

"왜 그런 눈으로 봐."

"줄 거 있다면서요."

"맞다."

강찬은 옆자리에 두었던 상자를 그녀에게 건넸고 여진주는 비명인지 환호인지 모를 소리를 내며 물었다.

"열어봐도 되죠?"

"그럼. 네 건데."

그의 대답에 곧바로 상자를 뜯으려던 여진주의 손이 멈추었다. 그러곤 의심스러운 눈초리를 하고선 강찬에게 물었다.

"설마 이것도 뇌물이에요? 그때 줬던 장미 같은?"

처음 여진주를 캐스팅할 때, 강찬은 새빨간 장미를 건네며 그녀의 관심을 끌었었다. 그때의 일이 떠오른 여진주의 질문에 강찬은 미소를 지으며 답했다.

"반쯤?"

여진주가 흐음, 하는 소리와 함께 말했다.

"이번엔 전처럼 쉽게 안 넘어가 줄 거예요."

"그래? 아쉽네. 이번에도 향수 하나로 퉁치려고 했는데."

강찬의 말에 여진주가 샐쭉하니 눈을 흘겼다. 눈을 흘겨도 귀여운 모습에 강찬은 웃음을 터뜨렸고 여진주 또한 미소를 지었다.

"광고는 이미 땄고 다음 주부터 공중파 들어가. 그러니까 그냥 받아."

"세상에. 공중파 CF요?"

"응."

"와. 축하해요, 오빠!"

여진주는 자신의 일인 양 기뻐해 주었고 강찬은 미소를 지었다.

"그럼 이건 그냥 받아도 되겠네?"

안심한 표정을 지은 그녀는 상자를 열더니 향수 브랜드를 보고 입을 벌리며 물었다.

"이거 비싸지 않아요?"

"상품으로 탄 거야."

여진주는 핸드폰을 꺼내 향수 상자 사진, 향수 사진, 마지막으로 향수를 얼굴 옆에 들고선 셀카까지 찍은 후에야 강찬을 보며 말했다.

"고마워요."

그때 음식이 들어와 잠깐 대화의 흐름이 끊겼다. 종업원이 문을 닫고 나가자 여진주가 바로 입을 열었다.

"맞다. 타이틀 곡 한번 들어볼래요? 아직 우리 엄마도 못 들은 건데, 내가 특별히 오빠만 들려줄게요."

그녀는 강찬이 대답도 하기 전에 MP3를 꺼내 강찬에게 건넸다. 그리고 노래를 재생시킨 강찬은 헛웃음을 흘렸다.

'추억의 노래네.'

돌아오기 전, 그러니까 20년 전에 들었던 노래를 신곡으로 다시 듣는 느낌은 참으로 묘했다.

"노래 좋네. 공중파 3사는 물론이고 케이블에서도 1등 하겠는데?"

"진짜 그러면 좋겠다."

'진짠데. 미래에서 보고 왔는데.'

말을 삼킨 강찬은 미소를 지으며 말했다.

"진짜야. 이거 한 3주…… 정도는 연속으로 1위 할 거 같아. 올해 신인상도 받겠는데?"

"하하, 진짜 그렇게 되면 내가 오빠 소원 하나 들어줄게요."

"그 말 기억한다."

"그럼요."

의도치 않게 소원 하나를 얻게 된 강찬은 고개를 끄덕이며 그녀와 눈을 맞추었다.

"밥 먹자. 식겠다."

"네. 잘 먹겠습니다."

자잘한 대화와 함께 식사가 끝나갈 때쯤, 강찬은 본론을 꺼내 들었다.

"진주야."

"네?"

"사실 부탁할 게 하나 있는데."

"거봐. 내가 향수 받을 때부터 불안하더라니까."

여진주는 악의 없는 농담을 던지며 헛웃음을 흘렸다.

"뭔데요? 다음 영화 여주인공?"

"그건 아니고."

"나 스케줄 많은데. 아마 나보다는 우리 대표님이나 매니저님이랑 대화해 봐야 할 거예요. 일단 번호 드릴 테니까……."

"아니, 미안한데 네가 아니라."

"예? 그럼요."

"너희 어머니."

강찬의 말을 들은 여진주는 자신의 귀를 의심하는 듯 고개를 갸웃했다가 이내 미간을 찌푸렸고 마지막으로 되물었다.

"저희 어머니요?"

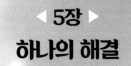

5장

하나의 해결

4월의 마지막 날이자 한 주를 시작하는 월요일.

배혜정의 집. 강찬은 소파에 앉아 그녀와 마주 보고 있었다.

"광고 봤어요."

그녀의 첫마디는 호의적이었지만 강찬은 반대의 느낌을 받았다. 입가에 걸린 잔잔한 미소보다는 강찬을 꿰뚫어 보는 듯한 저 눈 때문일 터.

"감사합니다."

"잘 만들었던데요?"

평소라면 운이 좋았다, 주변의 도움이 컸다며 겸손을 보였겠지만 오늘은 그런 자리가 아니었다.

오늘 이 자리는 배혜정에게 자신을 보이고 투자를 받아야 하는 자리. 강찬이 고개를 끄덕이며 미소를 짓는 것으로 대답을 대신하자 배혜정이 말을 이었다.

"빈말이 아니에요. 아직도 생각나는걸요. 메이크 유어 유씨씨, 하는 음악하고 마법의 성을 노래하던 아이."

이여름의 연기와 에일렌의 음악을 이야기하는 것이었다. 될성부른 아이는 떡잎부터 다르다고, 아직 제대로 꽃피지 않은 이들이었으나 배혜정의 눈에 들기엔 충분한 모양이었다.

"그리고 그걸 하나로 묶은 강 감독의 연출과 편집까지. 보고 있다 보니까 나도 오랜만에 영화가 하고 싶어지던걸요."

이어지는 칭찬에 강찬이 멋쩍게 웃었다. 배혜정은 현역은 아니지만 원하는 순간 현역으로 돌아갈 수 있을 정도의 영향력을 지닌 이였다.

"배 배우님을 스크린에서 다시 볼 수 있으면 좋겠네요."

"강 감독 광고를 한 달쯤 보다 보면 그럴지도 모르겠네요."

배혜정이 미소와 함께 찻잔을 들었고 강찬이 말했다.

"진주도 곧 데뷔한다 하던데, 축하드립니다."

"제가 축하받을 일은 아니죠. 진주 그 아이가 잘한 거니까. 강 감독 덕도 있고요."

쉰에 가까운 나이에도 주름 하나 보이지 않는 피부와 관리된 몸매도 한몫하겠지만 그것보다 무거운 분위기가 그녀에겐 있었다.

'양갓집 규수……보다는 양갓집 마나님이랄까.'

"서로 얼굴에 금칠은 이쯤 하고, 강 감독이 날 보자고 한 이유는 짐작이 가요. 그럼 내가 강 감독을 보자고 한 이유는 뭘까요?"

그것까지 생각해 보지 않았는지 강찬의 얼굴에 의문이 떠올랐다. 그리고 강찬의 표정을 캐치한 배혜정이 말을 이었다.

"강 감독이 날 보자고 한 이유는 투자 때문이죠? 일단 그것부터 이야기하죠. 원하는 건 투자금인가요?"

"예."

강찬은 가져온 파일들을 배혜정의 앞에 내려놓으며 말을 이었다.

"제작 설명서와 촬영 계획표, 그리고 시나리오입니다."

그녀가 제일 먼저 손을 뻗은 것은 시나리오였다. 역시 배우라는 건가, 하는 생각을 하며 강찬이 말을 이었다.

"선댄스 영화제에 출품을 목표로 하고 있으며……."

강찬의 설명을 들으며 시나리오를 훑은 배혜정이 고개를 끄덕인 뒤 나머지 파일 두 개까지 보고선 말했다.

"우리들이나 광고를 보고 알았지만, 시나리오는 정말 잘 쓰네요. 제작 설명서와 촬영 계획표도 거의 프로 수준이고. 직접 작성한 건가요?"

"예."

배혜정은 흥미로운 눈으로 강찬과 눈을 맞추었다. 굳이 피할 이유가 없기에 강찬 또한 그녀와 눈을 마주했다.

"오천만 원이라. 적은 돈은 아니네요."

"하지만 사람의 인생을 바꿀 수 있는 돈이라고 생각하면 큰 액수는 아니라 생각합니다."

강찬의 목소리에 힘이 실렸다. 그의 능력 세 가지가 동시에 힘을 발휘했고 강찬은 말을 이었다.

"시나리오를 보셨으니 아시겠지만, 철저히 상업적인 영화입니다. 독립 영화라 부르기에는 무리가 있을 정도죠. 그렇기에 자신합니다. 많은 이의 이목을 집중시킬 수 있을 것이라고."

"선댄스에 출품한다고 했죠? 앞으로 남은 시간은 5개월이에요. 지금 촬영이 끝나고 편집에 들어간다 해도 빠듯한 시간이죠. 가능하겠어요?"

강찬은 당연하다는 듯 고개를 끄덕인 뒤 손을 드는 제스처를 취하며 말을 이었다.

"배 배우님은 많은 드라마를 촬영해 보셨으니 아실 겁니다. 대본의 수정, 배우의 문제, 그 외적인 사고들. 이런 것들로 인해 촬영 직전 펑크가 나서 드라마 한 편을 일주일 만에 완성하는 경우도 있죠."

배혜정이 천천히 고개를 끄덕였다. 그녀도 그런 경험을 해 본 적도 있었기에.

"보통 드라마는 1시간 정도 됩니다. 그리고 제 영화의 러닝 타임은 90분이죠."

"그러니 가능할 거다? 그런데 왜 영화 제작에는 몇 년이라는 시간이 걸리는 걸까요?"

"가장 큰 이유는 자본이죠. 배우들의 스케줄, 촬영 장비의 대여, 로케이션 등. 영화의 스케일이 크면 클수록 고려해야 하는 것들이 많아지니 당연히 길어질 수밖에요."

배혜정은 20년 동안 십수 편의 영화와 드라마를 찍은 이, 그런 그녀가 몰라서 할 리 없는 질문이었다. 그걸 아는 강찬은 훌륭히 대답해 냈다.

"설득력 있네요."

"감사합니다. 시나리오를 보셔서 아시겠지만 제 영화의 주연은 접니다. 등장하는 배우 풀 또한 적죠. 이 말인즉, 배우들의 스케줄을 고려할 필요가 없다는 뜻이 됩니다. 주·야간으로 스태프를 돌리고 그날 촬영분을 바로 편집팀에게 넘기는 방식 등을 이용해 제작 기간을 단축할 수 있겠죠."

"그만큼 많은 돈이 들어가겠죠."

"그래서 배 배우님의 투자금이 필요한 겁니다."

강찬의 대답에 배혜정이 헛웃음을 흘렸다.

"스무 살 맞아요?"

"주민등록상은 그렇습니다만."

"습니다만?"

배혜정의 눈에 의문이 서렸다. 숨겨진 이야기라도 있는 것일까. 했지만.

"제가 좀 노안이라 스무 살로 안 보이긴 합니다. 이번 영화로 돈을 벌면 관리를 좀 받아야겠죠."

"괜히 기내했네요."

그녀가 편안한 미소를 짓자 그 안에서 여진주의 얼굴이 보였다. 그 모습에 여유를 얻은 강찬은 마주 미소를 지으며 말했다.

"더 궁금하신 점 있으면 물어봐 주십시오."

"그 자신감의 근원지가 궁금하네요. 물론 스무 살에 강 감독 같은 커리어를 가지면 그렇게 될 수도 있지만, 강 감독은 처음 볼 때부터 자신감이 넘쳤거든요."

"이제는 인물 탐구인가요?"

"그렇다고 해두죠."

배혜정은 강찬이 설명한 외적인 부분에 대해서는 만족한 것인지 강찬에 대해 묻고 있었다.

'진주 때문일 수도 있겠는데…….'

고개를 휘휘 저어 되지도 않는 생각을 털어버린 강찬이 배혜정의 눈을 바라보았다.

"믿음입니다."

"어떤?"

"제가 잘될 거라는 믿음. 그걸 지켜보고 믿어주는 이들을 위한 믿음. 조금 막연하긴 합니다만, 그런 겁니다."

배혜정은 흠, 하는 콧소리를 낸 뒤 소파에 기댔다. 순백의 소파와 그녀의 흰 블라우스가 묘하게 잘 어울리는 게 한 편의 CF 같은 느낌이 들었다.

저런 사람을 내 영화에 캐스팅할 수 있다면 어떨까.

'반전을 주면 어떨까?'

저런 고급스러운 이미지의 여배우가 분식집 아줌마로 등장한다면, 그것 또한 영화를 감상하는 재미 포인트 중 하나가 될 것이다.

배혜정이 자신의 영화에 출연한다면 어떤 배역이 어울릴지 생각하는 사이, 그녀의 입이 열렸다.

"그 영화가 흥행에 성공해 제가 손해를 보지 않을 거라는 확신은요?"

강찬은 그 질문을 예상했다는 듯 씩 입꼬리를 올리며 대답했다.

"첫 촬영을 보시고 결정하시면 됩니다."

재미있다는 듯 그녀의 눈이 반달처럼 휘었다.

"좋은 생각이네요. 그럼 마지막 질문이에요. 제가 투자를 안 하겠다면 어떻게 할 생각이죠?"

강찬은 대답 대신 그녀와 눈을 맞추었다. 아직 웃음기가 가시지 않은 그의 표정에서 배혜정은 무책임한 자만이 아닌, 준비된 사람의 자신감을 느꼈다.

"참…… 스무 살로 안 보이네요. 그렇게 하죠."

"칭찬으로 듣겠습니다. 감사합니다. 정확한 일정이 잡히면 따로 연락드리겠습니다."

이야기를 끝맺으려던 강찬이 아, 하는 탄성과 함께 말했다.

"한데 저를 보자고 한 이유가 있다고 하지 않으셨나요?"

"그건 제가 강 감독 촬영장 보고 나서 결정할게요."

강찬의 얼굴에 의아함이 떠올랐지만, 그것도 잠시. 자신이 알아야 할 것이라면 그녀가 말해줄 것이었고 굳이 알아야 하는 게 아니라면 궁금해할 필요도 없었다.

생각을 마친 강찬이 자리에서 일어서려 할 때, 차임벨 소리와 함께 문이 열리고 여진주가 들어왔다.

"다녀왔습…… 어? 오빠 있었네요? 문자 안 받더니. 이야기 중이었구나."

"문자?"

여진주의 말에 대답한 것은 배혜정이었다. 여진주는 배혜정의 눈을 피해 강찬에게로 시선을 돌렸고 곧 눈이 마주치자 물었다.

"오빠 이제 가려고요?"

"응. 이야기 끝났으니까 가봐야지."

"어떻게 됐어요? 아, 서서 얘기할 게 아니네. 저녁 먹고 갈래요?"

당돌한 태도에 배혜정과 강찬이 헛웃음을 흘렸다. 몇 달 전 어머니와의 갈등으로 눈물을 흘리던 소녀는 어디로 간 건지.

강찬은 멋쩍은 웃음을 흘리며 배혜정을 바라보았고 그의 시선을 받은 배혜정은 고개를 절레절레 저으며 한숨을 내쉬었다.

"딸 키워봤자 아무런 소용없다니까. 그래요, 좋아하는 음식 있나요?"

"뭐든 잘 먹습니다."

드드드드! 드드드드!

언제 들어도 거슬리는 핸드폰 진동 소리에 강찬의 눈이 뜨였다.

"후."

시계를 보니 오후 1시. 밤새 작업을 하고 잠에 든 게 9시 무렵이었으니 4시간 정도 잔 셈이었다.

하지만 돌아온 이후 4~5시간씩만 자다 보니 몸이 익숙해진 것인지 그다지 피곤하진 않았다. 대신 항상 피곤할 뿐이었다.

잠시 멍한 상태로 있는데도 전화는 끊임없이 진동했다. 발신인을 확인해 보니 안민영 PD. 강찬이 전화를 받았다.

"강찬입니다."

-어, 잤나 보네?

"예. 어쩐 일이세요?"

-광고 봤어?

"아뇨, 아직. 이제 일어나서요."

-자기 일인데 엄청 무심하네. 아, 그래. 원래 5월 둘째 주부터 프로그램 잡고 광고 들어가려고 했는데, 이사님들이 만장일치로 바로 진행하라고 하셨더라고.

"……그래서요?"

-5월 5일 광고 시작! 오늘이 1일이니까…….

"나흘 남았네요."

-그렇지.

방송계에 영향력이 있는 다섯 이사가 모이자 일 처리가 말 그대로 일사천리였다. 광고를 완성해 그들에게 보여준 게 토요일이었는데 무슨 벌써 공중파 나가는 날짜가 잡힌단 말인가.

-어쨌거나 그래서 내가 계산기를 좀 두들겨 봤거든.

"예."

-대충 삼천 정도 나올 거 같아.

"……그거밖에 안 돼요?"

공중파에 광고를 넣는 데 들어가는 비용만 하더라도 그 열 배는 될 것이다. 한데 광고 이익이 삼천밖에 안 된다고? 강찬이 의아해하자 안민영이 말했다.

-찬아…… 혹시 너희 아버지 회장님이시니?

"아뇨?"

-근데 삼천이 '밖에'야?

"들어가는 돈이 얼만데 광고 이익이 삼천……."

-아, 아니. 너한테 떨어질 돈 얘기한 거였어. 광고 수익은 10억 이상 보고 있고. 네가 회장 아들인 줄 알고 설렐 뻔했잖니.

'그럼 그렇지.'

오해가 풀린 강찬이 고개를 끄덕이며 말했다.

"좋네요."

-끝?

"예. 그거 말씀하시려고 전화 주신 건가요?"

-그렇긴 한데 이런 미적지근한 반응을 기대한 건 아니었어.

"와, 신난다. 삼천만 원이라니. 이 돈으로 뭘 하면 좋을까."

톤의 변화도 없는 국어책 읽는 목소리에 안민영이 헛웃음을 흘렸다.

-……말을 말자.

'삼천만 원이라.'

광고 한 편 찍고 받는 돈으로 많다 볼 순 없었지만 스무 살 대학생 강찬에게는 굉장히 큰돈이었다.

하지만 지금은 그림의 떡이다.

광고 수익이 산정된 후에야 그에게 정산될 테니, 받아 쓸 방법이 없는 것이다.

'······아니지?'

그 순간 생각지도 못한 돌파구가 보인 강찬은 곧바로 안민영에게 말했다.

"안 PD님."

-얘는 술 마실 땐 누나라더니.

"공과 사는 구분해야죠. 갑자기 궁금한 게 생겨서 그런데."

-응. 뭔데.

"안 PD님이 대충 때려본 것도 삼천이면 변수 제하더라도 그 정도는 나온다는 소리잖아요?"

-그렇지.

"그게 제 돈이 될 거고요."

-그것도 그렇지.

"근데 제가 지금 그 돈이 필요하거든요. 이제 곧 영화제가 있어서 독립 영화를 찍는지라."

-그럼 우리 PD 한 명 고용하는 건 어때? 내가 책임지고 스태프부터 장비까지 빵빵하게······.

강찬은 그녀의 말을 끊으며 말했다.

"그것 때문에 말씀드리는 거예요. 제가 지금은 돈이 없는데 곧 영일에서 정산받으니까 미리 스태프랑 장비, PD분까지 빌린 뒤 그 돈으로 정산, 가능할까요?"

-흠…… 글쎄. 이사님들 결재받아야 하는 내용이긴 한데 이사님들이 네 광고, 보다는 네가 보여준 능력을 좋아라 하시니까 가능할 거 같은데? 일단 한번 올려볼게.

"부탁 좀 드릴게요."

-부탁은 무슨. 그래, 알았어. 대신 잘되면 알지?

"그럼요. 전에 참치 회 좋아한다 하셨죠?"

-크, 역시 우리 찬이가 뭘 안다니까. 그래, 그럼 들어가.

"예."

전화를 끊은 강찬의 입가에 미소가 번졌다.

안민영의 말대로 이사들이 그에게 호의적인 시점. 그것을 이용한다면 돈을 받는 것까진 아니더라도 그 돈을 담보 잡아 영일 미디어아츠의 서비스를 이용할 수 있을 것이었다.

'흠.'

그때 머리를 스친 것은 배혜정이었다. 만약 그녀에게 오천만 원까지 투자받을 수 있다면? 강찬이 데뷔작으로 보여주고 싶었던 모든 것을 가감 없이 표현할 수 있을 것이다.

'자본은 많을수록 좋다.'

더 많은 엑스트라, 질 좋은 장비, 더 비싼 촬영 장소, 몸값

높은 배우까지. 돈이 많다면 모든 게 돈인 촬영장의 클래스를 하나 더 높일 수 있을 테니.

'만족하지 말자.'

아직 확정된 것은 없다.

배혜정도, 영일 미디어아츠 쪽도 아직 모를 일. 자신은 있었지만 어떻게 진행될지는 그 누구도 모르는 것이다.

하지만 웃음이 나는 것까지 어쩔 수는 없었기에 강찬은 경박한 웃음을 흘리며 첫 촬영 일정을 짜기 시작했다.

나흘 뒤. 촬영장에 도착한 서대호가 입을 쩍 벌렸다.

"와……."

제대로 된 카메라와 장비들, 스태프들까지 쉴 새 없이 움직이는 모습은 봉준혁 감독의 촬영장을 연상케 했다.

물론 그곳보다야 스태프의 수, 장비의 수, 모든 게 모자라긴 했지만, 서대호의 눈에는 그저 신기할 뿐이었다.

"이게 진짜 되네."

"그럼, 내가 누군데."

"강 감독님이시지."

서대호는 팔꿈치로 강찬의 옆구리를 툭 치며 말했다.

"너 학교 나오면 깜짝 놀랄 거다."

"왜?"

"아니, 광고 떴잖아. 교수님들이 그거 보고 네 얘기로 난리야. 학생들이야 당연한 거고."

"아아. 우리 어머니도 난리시더라."

"그렇지. 아들내미가 인터넷에 나오고, 또 그 잘나가는 광고를 찍은 사람이라는데."

강찬의 어머니 한연숙은 아들에게 언질을 받긴 했지만, 실감을 하진 못했었다.

하지만 주변 사람들에게 연락이 오고 만나는 사람마다 그이야길 하니 이제는 직접 자신의 입으로 자랑을 하고 다니고 있었다.

강찬을 슬쩍 바라본 서대호가 고개를 주억이며 말했다.

"나도 더 열심히 해야겠다."

"연애 사업은 잘돼가시고?"

"그럼. 넌 어떠냐?"

"어떨 게 있나. 누구 만날 시간도 없다."

두 사람이 대화를 나누고 있던 때, 순간 촬영장에 정적이 찾아들었다. 정적에 의아함을 느낀 사람들이 두리번거리다 곧원인을 찾아냈다.

"안녕하세요."

촬영장의 입구에 선 배혜정을 발견한 사람들은 고개를 끄덕였다. 정적이 찾아든 이유를 이해한 것이었다.

원룸 하나를 반으로 잘라놓은 모양의 세트장. 세팅이 끝난 카메라와 오디오 장비, 조명들이 그곳을 비추고 있었다.

"신 1에 컷 1, 테이크 1. 레디…… 액션!"

메가폰을 쥔 서대호가 액션을 외치자 카메라가 돌기 시작했다.

그러자 세트장 안, 침대에 누워 있던 강찬이 자리에서 일어서 바닥에 굴러다니는 양말의 냄새를 맡아본 뒤 미간을 찌푸렸다.

"에이 씨."

욕지거리를 뱉은 강찬은 주변을 둘러본 뒤 어쩔 수 없다는 표정으로 양말을 집어 던진다.

그러곤 행거에 걸려 있는 후줄근한 양복을 입고 거울을 본 뒤 만족스러운 미소를 지었다.

그것도 잠시. 미간을 찌푸린 강찬은 맨발로 구두를 신은 채 현관을 나섰다.

"오케이! 컷!"

서대호의 컷 사인과 함께 카메라들이 부산스레 움직이며 세트장 안으로 들어갔고 그사이 강찬은 서대호의 곁으로 와 방금 찍은 장면을 확인했다.

"어때?"

"이제 첫 촬영이라 느낌을 모르겠다. 일단 이거대로 하고 있긴 한데."

서대호는 강찬이 건네준 스토리보드를 팔락이며 말했다. 곧 촬영 장면을 확인한 강찬이 서대호의 어깨를 두들기며 말했다.

"괜찮네. 이어서 분할 컷 따자."

"오케이."

강찬이 오디오와 카메라 위치를 체크하고 다시 세트장 안으로 들어가자 서대호가 외쳤다.

"카메라 롤, 오디오 온, 조명 좋고. 이어서 바로 갑니다! 1에 2에 1 레디 액션!"

방금 찍었던 장면과 똑같지만, 이번에는 강찬의 전신이 아닌 얼굴과 상반신, 혹은 그의 신체 부위 일부만 따는 분할 컷 촬영이 이어졌다.

그리고 그 모습을 보고 있던 배혜정이 헛웃음을 흘렸다.

"참."

80년대 중반에 데뷔해 21세기가 열릴 때까지 거의 20년에 가까운 세월을 촬영장에서 살다시피 한 그녀였지만 이런 촬영장은 처음이었다.

"혼자 다 하네."

작사와 작곡, 노래까지 다 하는 가수를 싱어송라이터라고 부른다.

그렇다면 편집과 연출, 스태프의 일과 감독의 일을 넘어서 배우까지 다 하는 감독은 무어라 불러야 할까?

"그렇다고 뭐 하나가 모자라는 것도 아니고."

보통 감독들이 영화에 출연하는 경우는 득보다 욕심이 되는 일이 많다. 아무래도 전문 배우들이 하는 연기보다 질이 떨어질 수밖에 없으니까.

하지만 강찬은 달랐다.

감독과 배우, 자잘한 스태프의 일까지. 세 가지 역할을 모두 연기하는 배우처럼 그때마다 필요한 캐릭터를 소화해 냈다.

"어쭙잖은 자신감이 아니었어."

날카로운 시선으로 강찬을 바라보던 배혜정의 입가에 미소가 번져갔다.

자신의 촬영장을 본 순간 자신에게 투자할 것이라는 자신감이 있으니 촬영장으로 오라고 한 것이고, 그의 예상은 적중했다.

미소를 머금은 배혜정이 강찬을 바라보고 있을 때, 그녀를 바라보는 이도 있었다.

'아, 사인 받고 싶다.'

시선의 주인은 영일 미디어아츠에서 파견 나온 윤가람 PD였다. 그는 배혜정이 출연한 영화를 보고 자란 세대였으며 그녀의 광적인 팬이었다.

그렇기에 그녀의 사인을 받고 싶었지만, 지금은 일을 해야 할 때. 입술을 잘근잘근 씹은 윤가람은 돌아가지 않는 고개를 억지로 돌려 주변을 살폈다.

"후."

스무 살짜리 둘이 감독과 조감독을 맡게 된 이상 촬영장에서의 불화는 예정된 수순이나 다름없었다.

아무리 일이라지만 자기보다 어린 이들에게 지시를 받고 싶어 하는 사람은 없으니까.

'그래도 아직은 괜찮네.'

강찬과 서대호의 열정을 본 덕인지, 아니면 첫 촬영이라 파악이 덜 된 건지는 몰라도 촬영장의 분위기는 화기애애한 편이었다.

하지만 아직 안심할 단계는 아니었다.

처음 촬영장 분위기가 얼마나 좋던 간에 불화는 생기게 마련이니. 그걸 어떻게 수습해 내냐 또한 감독의 능력이고.

'뭐 강 감독이니까.'

그가 광고를 찍으며 스태프를 다루는 모습을 본 윤가람은 별다른 걱정을 하지 않았다.

그가 아는 강찬은 사소한 불화에 무너질 사람은 아니었으니. 고개를 주억인 윤가람이 주변을 둘러보고 있을 때.

"오케이! 컷! 점심 먹고 이어 가겠습니다! 식사 후 영수증 잊지 말아 주시고, 식사 시간은 두 시간입니다. 2시까지 세팅 끝내주세요!"

강찬의 연기가 끝나고 서대호가 소리쳤다. 그의 말과 함께 스태프들이 식사를 위해 촬영장을 정리하고 이내 우르르 빠져나갔다.

그 사이로 후줄근한 정장을 입고 영화 촬영용 화장을 한 강찬이 배혜정에게 걸어갔다.

"어떻습니까?"

"자신감의 이유를 보았다면, 대답이 될까요?"

"저 그럼 이제 마음 놓아도 되는 겁니까?"

배혜정은 대답 대신 그에게 손을 내밀었고 강찬은 미소를 지으며 그녀의 손을 쥐어 악수했다.

"믿어주셔서 감사합니다."

"방금 강찬 감독이 연기하고, 촬영하고 조율하는 모습을 보니까 그런 생각이 들었어요."

강찬은 되묻는 대신 그녀의 손을 놓고 눈을 맞추었다.

"강찬 감독이 가진 자신감, 그것의 근거가 믿음이라고 했죠?"

"예."

"나도 그 자신감에 보탬이 되어주고 싶다는 생각이요. 잘 부탁해요."

강찬은 다시 한번 감사하다는 말과 함께 고개 숙여 인사했고 배혜정은 우아한 미소를 지은 채 말했다.

"내 돈이 어떻게 쓰이고 있나 보는 건 투자자의 권한이니까, 가끔 찾아와도 되겠죠?"

"언제든 와주시기만 한다면 영광이죠."

배혜정의 마음을 얻는 데 성공한 강찬은 말려 올라가는 입꼬리를 주체할 수 없었다. 마음뿐만 아니라 오천만 원이라는 투자금이 생겼으니 기쁘지 않을 수 있겠는가.

그렇다고 배혜정의 앞에서 실실 웃을 수는 없는 노릇.

"저 촬영분 체크만 하고 오겠습니다. 괜찮으시면 같이 식사하시겠습니까?"

"좋죠."

"그럼 잠시만 기다려주시면 감사하겠습니다."

"예. 다녀오세요."

그렇게 강찬이 필드 모니터 앞에서 정리를 하고 있는 서대호에게로 향했을 때.

'기회다.'

두 사람을 지켜보고 있던 윤가람의 눈이 빛났다.

한 손에는 펜을, 다른 한 손에는 노트를 든 윤가람은 로마의 검투사처럼 가슴을 쭉 편 채 배혜정에게 걸어갔다.

그 우스꽝스러운 모습을 본 배혜정이 윤가람에게 물었다.

"무슨 일 있으신가요?"

촬영에 들어가기 전 상찬이 소개를 해주었기에 얼굴은 알고 있는 사이. 배혜정이 가볍게 물어오자 윤가람이 들고 있던 펜을 건네며 말했다.

"팬입니다."

"네. 들고 계신 거 펜 맞네요."

"어…… 아뇨. 그게 아니라 배혜정 씨 팬입니다."

"장난이에요."

배혜정은 아이처럼 천진난만하게 웃더니 그에게 손을 내밀었다. 그러자 윤가람이 당황하며 자신의 손을 내밀었다.

"손 말고 노트 달라고 한 건데. 어쨌거나 팬이시라니 감사해요."

미소를 지어준 배혜정은 윤가람과 악수를 한 뒤 그에게 노트를 건네받아 사인을 하며 말했다.

"성함이 윤가람 씨, 맞나요?"

"예. 그렇습니다."

백두혈통을 만난 북한군처럼 각 잡힌 그의 모습에 배혜정이 실소를 흘렸다.

곧 사인이 된 노트를 건네받은 윤가람은 노트를 꼭 끌어안은 채 연신 감사하다는 인사를 했다.

그때, 강찬과 서대호가 두 사람에게로 걸어왔다. 윤가람을 본 강찬이 말했다.

"배 배우님, 윤 PD도 같이 식사해도 괜찮을까요?"

"식사는 많은 사람과 할수록 좋죠."

그녀에게 허락을 받은 강찬이 윤 PD에게 고개를 돌렸다. 벌써 대답을 하기 위해 입술이 꿈틀거리고 있는 것이 굳이 안 물어봐도 될 것 같았지만.

"윤 PD님도 식사하실 거죠? 그럼 같이 가시죠."

"네!"

"그럼 밥 먹으러 갑시다."

식사를 마친 배혜정은 볼일이 있다며 돌아갔고 윤가람과 서대호, 그리고 강찬 세 사람은 세트장으로 돌아왔다.

식사를 마치고 돌아온 스태프들은 장비를 점검하면서 다음 장면 촬영을 준비 중이었다. 그 모습을 보던 강찬이 윤가람 PD에게 물었다.

"여름이는 도착했어요?"

강찬은 이여름과의 인연을 한 번으로 끝낼 생각이 없었다. 게다가 그녀 인생의 분기점이 되는 영화는 2년 뒤에나 있으니 그 전에 인연을 실컷 쌓아둘 작정이었다.

그렇기에 이번 영화에도 이여름을 캐스팅했다. 그것도 주연으로.

'내 영화로 스타덤에 오르면 더 좋은 거고.'

강찬이 다른 생각을 하는 사이 윤가람은 손목시계를 확인한 뒤 말했다.

"예. 분장…… 중이어야 하는데."

강찬의 물음에 대답하던 윤가람의 시선에 세트장을 구경하고 있는 이여름의 모습이 보였다. 자연스레 강찬과 서대호 또한 이여름을 발견했고.

"쟤가 왜 여기 있지."

서대호와 윤가람 PD의 얼굴이 동시에 굳었다. 그들의 역할은 촬영에 지장이 없도록 모든 상황을 조정하는 것이다.

한데 스탠바이가 끝나 있어야 할 이여름이 아직도 사복을 입은 채 촬영장을 돌아다니고 있는 것이었다.

"여름 양, 여기서 뭐 해요? 분장은?"

"분장실에 아무도 안 계셔서 찾으러 나왔어요."

이여름의 말에 윤가람이 짧게 혀를 찼다. 시계를 보니 오후

1시 40분. 이제 20분 뒤에는 촬영이 시작되어야 하는데 분장실에 아무도 없다니.

"대호 씨, 미술팀 번호 알죠? 전화 좀 부탁해요."

"예."

윤가람은 곧바로 이여름과 함께 분장실로 걸어갔고 서대호는 미술팀에게 전화를 걸며 어디론가 뛰어갔다.

그 모습을 본 강찬의 미간이 찌푸려졌다.

점심시간이 2시간이나 되는 데는 다 이유가 있다. 촬영 장비도 정리해야 하며 다음 촬영을 준비해야 하는 시간이 필요하기 때문이다.

한데 아직도 준비가 되어 있지 않다는 것은.

'흠.'

누구에게나 시간은 금이겠지만, 촬영장에서의 시간은 특히나 돈이다. 스태프들의 일당부터 장비, 장소의 대여료까지.

그렇기에 톱니바퀴처럼 맞물려 돌아가야 하는 것인데.

강찬은 팔짱을 낀 채 기다리기 시작했고 곧 윤가람과 처음 보는 사내가 걸어왔다.

"늦어서 죄송합니다!"

"누구십니까?"

"아, 미술팀 분장 담당 공준태입니다. 오는 길에 기름이 갑자기 떨어지는 바람에 늦었습니다. 죄송합니다."

"미술팀 전체가요?"

"예."

"이여름 배우 분장해야 한다는 거 알고 계셨죠?"

"예."

"근데 다 같이, 그것도 차 타고 식사하러 갔다가 늦으셨다고요?"

"……예."

자신을 미술팀 분장 담당이라 소개한 공준태는 이제 막 어린 티를 벗기 시작한 20대 중반이었다.

즉 막내일 가능성이 컸다.

'욕받이로 보낸 거겠지.'

실책임자도 아니고 막내에게 열을 내봐야 무엇 하겠는가. 막내 생활을 안 해본 것도 아니고. 강찬이 쯧, 하고 들리지 않게 혀를 찬 뒤 말했다.

"촬영장에서 시간은 돈인 거 아시죠. 두 번은 없습니다."

"알겠습니다."

"예. 그럼 일 보세요."

공준태가 떠나자 윤가람의 고개가 숙여졌다. 강찬의 나이가 어떻든 그는 자신의 회사와 계약을 맺은 고객이며 감독이다.

근데 첫 촬영부터 이런 일이 생기다니.

"죄송합니다."

"윤 PD님이 죄송할 문제는 아니죠."

강찬이 공준태의 뒷모습을 바라보며 말을 이었다.

"저 사람들이 문제지. 영일 소속 미술팀인가요?"

"아뇨. 외부 팀입니다. 아까 보셔서 아시겠지만, 실력은 좋습니다."

"예."

실력 이전에 시간 약속은 기본 중의 기본이다. 하지만 누구나 실수는 하는 법. 반복이 된다면 문제겠지만. 강찬은 한 번의 실수를 용납하지 못할 정도로 까칠한 감독은 아니었다.

"두 번은 없을 거라 말했으니 알아서 하겠죠. 그럼 촬영 들어갑시다."

"예."

곧 분장을 마친 이여름이 도착하고 리허설이 시작되었다. 10분 정도 딜레이되긴 했지만, 촬영에 큰 지장이 있는 건 아닌 상황.

강찬은 미술팀을 한 번 바라본 뒤 이내 촬영을 시작했다.

촬영을 마친 강찬은 해가 지고서야 집으로 돌아왔다.

미술팀과 있었던 해프닝을 제외하고, 첫 촬영은 강찬의 의

도대로 무난하게 흘러갔고 만족스럽게 끝났다.

하지만 배혜정에게 보여주기 위해 급하게 첫 촬영을 한 감이 있었기에 이제부터 세세한 것들을 조율해 나가야 했다.

'내일은 영일에 들렀다가…… 에일렌을 만나야겠네.'

강찬의 제안을 받은 영일 미디어아츠에서 미팅을 하자 했다. 그것도 백중혁이 직접. 그 미팅이 바로 내일이었다.

'한번 보여줘야겠지.'

백중혁이 무슨 말을 할지 모르니 오늘의 촬영분을 편집해 가져갈 생각이었다. 강찬은 장면을 이어 붙이며 자신의 의도대로 연출해 나갔다.

그러면서도 생각은 멈추지 않았다.

'그리고 에일렌.'

90분짜리 영화인 만큼 모든 BGM을 부탁할 순 없다. 대신 그녀에게는 OST를 부탁할 생각이었다.

드라마의 OST처럼 제일 중요한 부분에서 흘러나오는 음악은 백 마디 대사, 열 개의 장면보다 확실한 임팩트를 갖기 때문이다.

영화에 쓰이는 OST의 단편적인 예로는 '분노의 질주'의 'See you again'이 있다. 물론 극 중 상황보다야 극 외 상황이 더 많은 영향을 준 노래이긴 하지만.

어쨌거나 노래는 빌보드 차트 1위에 올랐고 그 장면으로 인해 눈물을 흘린 관객 또한 수도 없이 많았다. 강찬도 그중 하나였고.

강찬은 고개를 휘휘 저어 잡념을 털어버리고선 편집에 집중했다.

밟아 2단계가 된 편집 능력은 전문가 그 이상의 실력을 보여주었다. 거장이나 장인이라기에는 모자란 감이 많았지만 이대로 전문 편집팀의 헤드 치프로 활동해도 될 정도의 실력이었다.

강찬은 만족스러운 미소를 지은 채 편집을 마쳤고 USB에 저장한 뒤 이불을 펴고 누웠다.

"웃차."

잠을 자기 위해 눈을 감았던 강찬은 문득 궁금해졌다.

'계약 기간이 얼마나 남았지.'

그리고 창을 켜보았을 때.

[10,000,000,000명이 돈(욕망)을 지불하고 당신의 영화를 보게 만드세요.]

[관객의 수는 누적됩니다.]

[실패한다면 당신이 얻은 모든 기회가 박탈될 것입니다.]

[현재 욕망을 지불한 사람의 수: 2]

[남은 기한: 21년 7개월 21일]

"음?"

그에게 욕망을 지불한 사람의 숫자가 올라가 있었다.

깊게 생각하지 않더라도 1의 정체는 알 수 있었다. 배혜정, 그녀가 돈을 입금한 것일 터. 강찬은 당장 통장 잔고를 확인하고 싶은 것을 억누르며 눈을 감았다.

'2명이라.'

지금까지 받은 투자는 두 번. 두 번 모두 숫자가 카운팅되었다. 그렇다는 것은 정당한 대가를 지불하고 그의 영화, 혹은 작품을 본 이들의 욕망이 카운팅되었다는 뜻.

'광고 건도 돈 받으면 카운팅이 되려나.'

만약 광고를 본 이들의 욕망까지 받을 수 있다면 좋겠지만, 강찬이 그들에게 직접 돈을 받을 수 있는 방법이 없었다.

'방법은 영화뿐인가…….'

정당한 대가를 받고 창작물을 파는 것. 개중에 100억 개의 욕망을 모으는 것이라면 영화만큼 좋은 수단이 없었다.

곧 만화나 소설도 편당 유료 결제를 하는 시대가 오긴 하지만 그것으로 100억 뷰를 채우기는 영화보다 힘들 터.

무엇보다 그쪽으로는 재능이 없다.

'그래. 일단은 영화다.'

그가 하고 싶은 것이 영화고, 현재 그가 욕망을 채울 수 있는 방법도 영화뿐이었다. 눈을 감은 채 고개를 주억이던 강찬은 이내 잠에 들었다.

다음 날 아침.

강찬은 오랜만에 맡는 된장찌개 향기와 함께 눈을 떴다. 밤낮 없이 살다 보니 어머니와 식사 시간이 안 맞을 때가 많았다.

오늘은 같이 먹어야지, 생각한 강찬이 방 밖으로 나오자 강찬의 어머니, 한연숙 여사가 반색하며 강찬을 보았다.

"안 그래도 깨우려고 그랬는데. 일어났네."

"된장찌개 냄새가 너무 좋아서."

강찬은 그녀를 도와 아침 식사를 차린 뒤 함께 식탁 앞에 앉았다. 그리고 강찬이 수저를 들 때, 그녀의 어머니가 얘기했다.

"넌 학교 안 나가니?"

갑작스러운 직구에 사레가 들린 강찬이 물을 들이켠 뒤 말했다.

"창작물 학점 인정제가 있어서……."

"엄마를 바보로 알아? 전에 말했었잖니. 그래도 그 나이 때 대학에서만 쌓을 수 있는 추억이 있잖아? 너무 미래만 보다가 그걸 놓치는 게 아닌가 해서 걱정이다."

"이제 일 학년인데 뭐. 여유 좀 생기면 엄마가 데려오지 말래도 며느리도 데려오고 손주도 안겨주고 할 거니까 걱정 마세요."

"애는 대학생이라는 놈이 벌써…… 그래서 만나는 아가씨는 있고?"

"곧 생기겠지."

헛웃음을 흘린 한연숙은 식사를 시작했고 강찬은 그녀의 얼굴을 보았다.

"요즘 잠 잘 못 주무서? 기미 올라오는 거 같은데."

"아들이 너무 유명해져서 여기저기서 지지고 볶고 난리다."

"익숙해지셔야지. 이제 더 유명해질 텐데."

그때가 오면 여태까지 갖지 못했던 모든 것을 누릴 것이다. 마당 있는 집과 비싼 차, 여우 같은 마누라와 토끼 같은 자식까지.

그때, 강찬의 미간이 찌푸려졌다.

"엄마, 잠깐만."

말을 마친 강찬은 숟가락을 내려놓고선 자기 방으로 들어가 지갑을 챙겼다. 그러곤 밖으로 달려나갔다.

"찬아! 밥 먹다 말고 어디가!"

집 밖으로 나온 강찬은 곧바로 ATM으로 들어가 카드를 넣었다. 그리고 계좌 조회를 눌렀다.

잔액: 57,430,200

오천칠백만 원이 그의 통장에 있었다. 배혜정의 투자금 오천만 원과 서태산의 투자금 천만 원이 모인 돈이었다.

'사업자 등록하고 법인도 세워야겠네.'

언제까지 이렇게 주먹구구식으로 거래할 순 없는 노릇이었다.

이런 식으로 자금을 관리하면 강찬이 꺼내 쓰긴 편하지만, 투자자들이 더 붙어 규모가 커지면 커질수록 문제가 발생할 게 분명했다.

고개를 끄덕인 강찬은 현금 백만 원을 뽑아 집으로 돌아갔다.

10분 정도 걸렸을까, 집으로 돌아온 강찬은 돈이 든 봉투를 어머니에게 건넸다.

"이게 뭐니?"

"건강검진 한번 받아보시라고."

"갑자기 웬 건강검진?"

돌아오기 10년 전, 강찬의 어머니는 췌장암으로 돌아가셨다. 그러니 앞으로 남은 시간은 10년쯤. 그 전에 관리를 하고 매년 건강검진을 받는다면 췌장암에 걸리진 않을 것이었다. 걸리더라도 초기에 알고 치료할 수 있었을 테고.

"췌장이 안 좋아 보여서. 기미도 그렇고."

"……췌장?"

"웅. 요즘 바빠서 같이는 못 가드리니까 주말에 한 번 다녀오세요."

한연숙은 강찬이 건넨 봉투를 열어보곤 씩 미소를 지었다.

"이게 다 얼마래."

"백만 원."

"건강검진이 이렇게 비싸?"

"풀코스로 받으면 그 정도 나갈 거예요. 다른 데 쓰지 마시고."

"그래."

강찬이 무뚝뚝하게 말하며 밥을 먹기 시작했고 한연숙은 그런 강찬의 모습을 보며 미소를 지었다.

"우리 아들 다 컸네."

영일 미디어아츠 본사.

이사실에 강찬과 백중혁 이사가 서로를 마주 보고 앉았다.

"이렇게 단둘이 뵙는 건 처음이네요."

"그렇군. 덕분에 숨통이 트였어. 고맙네."

"돈 받고 하는 일인데요, 뭐."

"돈 받고도 제값을 못 하는 이들도 수두룩한 거 알지 않나."

경영자의 입장이라는 건가. 쓰게 웃은 강찬은 고개를 돌려 가방에서 서류 뭉치들을 꺼냈다. 배혜정에게 보여주었던 촬영 계획표 등의 서류와 USB였다.

"뭔가?"

"어제 촬영분입니다."

"이런 게 없어도 자네 제안은 통과될 걸세."

"하지만 시간이 걸리겠죠. 몇 가지 부탁드릴 것도 있고 해서 확실히 보여드리려 가져왔습니다."

"무엇을?"

"제가 투자할 가치가 있는 사람이라는 것을요."

자신감 있는 표정과 말투, 그리고 제스처에 백중혁의 입가에 미소가 번졌다. 마치 노련한 변호사와 앉아 있는 느낌이었다.

"자넨 참 독특해."

"칭찬으로 듣겠습니다."

"그럼, 칭찬이지."

백중혁의 얼굴에 걸린 미소를 본 강찬은 어제의 촬영분을 재생한 뒤 하나씩 설명하기 시작했다.

제작 비용에는 얼마가 들어갔으며 제작 기간은 어느 정도를 생각하고 있다. 하루에 이 정도를 촬영했으니 3개월 안에는 촬영이 끝날 것이라는 둥, 배혜정에게 설명했던 것과 별반 다를 것 없는 내용이었다.

"나에게 투자를 제안하러 온 건가?"

"그게 최고의 결과겠지만, 그것까지 바라는 건 아닙니다."

솔직한 대답에 백중혁이 헛웃음을 흘렸다. 만약 그가 투자를 제안했어도 고민을 할 정도로 설득력 있는 프레젠테이션이었는데 그걸 원하는 게 아니라니.

"그럼 뭔가?"

"여기 제안서입니다."

제안세에는 강찬이 말했던 것들이 전부 담겨 있었다. 영일미디어아츠와 계약 후 그의 영화 제작에 들어가는 금액을 나중에 받을 인센티브에서 제하겠다는 내용.

그리고 추가된 것이 있었다.

"주야 교대로 두 팀의 스태프팀을 두겠다? 이건 무슨 소린가?"

"말 그대로입니다. 촬영에 할애할 수 있는 시간이 세 달밖에 없으니 24시간을 최대한 이용해야죠."

"자네는? 24시간 동안 깨어 있을 수는 없을 텐데?"

"로케이션 이동 시간, 촬영 준비 시간 등 남는 시간 많습니다. 그때 쪽잠으로 때우면 충분하죠. 저 아직 젊습니다."

강찬이 얄쌍한 팔뚝을 들어 올리며 말했고 백중혁은 고개를 휘휘 저었다.

"아직 젊은 게 아니라 그냥 젊은 걸세. 어쨌거나 그랬다간 자네 몸이 축날 텐데?"

"안 그래도 운동하고 있습니다. 그리고 다섯 달만 고생하면 되는데요, 뭐."

강찬의 말대로 남은 기간은 다섯 달뿐. 그 안에 90분짜리 영화를 촬영하고 후반 작업을 마친 뒤 선댄스 영화제에 출품해야 한다.

이번 영화는 'X저씨'나 '테이X', 혹은 '본 시리X'처럼 주인공 한 명에게 모든 것을 집중한 영화였다.

즉, 주인공인 강찬 한 명만 잠을 줄이고 나머지 스태프들과 주·조연 배우들의 스케줄을 조정한다면 하루 24시간을 풀로 이용해 영화를 찍을 수 있다는 소리가 된다.

"이론은 완벽한데. 그럼 하나만 묻겠네."

"무엇이든요."

"퀄리티는 자신 있나?"

"당연합니다."

한 치의 망설임도 없는 대답에 백중혁은 고개를 끄덕인 뒤 다시 제안서를 읽기 시작했다.

"남은 것은…… 캐스팅은 강 감독의 마음대로. 이건 당연한 거고. 스태프 교체 권한…… 또한 당연한 것이고. 오늘부터 시작. 괜찮구먼. PD는 윤가람 PD가 붙었다 들었는데, 한 명으로 되겠는가?"

"두 사람이면 더 좋죠."

"그럼 안 PD도 붙여주겠네. 대신 하나만 약속해 주게."

"뭔가요?"

"크레딧에 영일 미디어아츠 로고. 아주 크게 부탁하네."

의외의 세안에 눈을 동그랗게 떴던 강찬은 천천히 고개를 끄덕였다.

"당연하죠. 백중혁 이사님의 이름 또한 아주 크게 들어갈 겁니다."

백중혁은 마음에 든다는 듯 손을 내밀었다. 강찬은 손을 내밀어 그의 거친 손을 쥐었다.

"그럼 잘 해보게나."

"예."

"아, 그리고."

강찬이 일어서려 할 때, 백중혁이 테이블 위로 흰 봉투 하나를 내려놓았다.

"성과금일세."

"예?"

성과금이라니.

'영일 소속도 아닌데?'

의문을 품은 강찬은 일단 봉투를 열어보곤 거기 들어 있는 자기앞수표를 보고 미소를 지었다.

금 오백만 원 정.

돈을 준다는데 거부할 이유가 없다. 액수를 확인한 강찬은
봉투를 품에 넣으며 말했다.

"감사합니다."

"시원시원해서 좋구먼."

"거절하지 않는 것도 남자의 미덕 아니겠습니까."

"참 마음에 드는 친구라니까."

영일 미디어아츠에서 새로운 계약서를 쓰고 나온 강찬은 혹
시나 하는 생각에 계약창을 띄워보았다.

[현재 욕망을 지불한 사람의 수: 3]

"허."

짧은 한숨을 내쉬었다. 이래서야 정말 영화밖에 답이 없다.
마치 '그녀'가 강찬에게 한눈팔 생각하지 말라고 말하는 기분.

'다른 것도 시도해 봐야겠어.'

강찬이 자신의 홈페이지에 올려둔 '우리들'의 조회수는 2였

다. 강찬이 테스트용으로 재생해 본 것과 서대호가 눌러본 것.

만약 '우리들'을 감상한 이들이 감동을 느끼고 어떤 방식으로든 욕망을 지불해 카운팅이 오른다면, 만약에라도 그렇게 된다면 조금 더 쉽게 욕망을 채울 수 있을 터.

'그렇게 된다는 보장은 없다만⋯⋯.'

아직 일어나지도 않은 일에 신경 쓸 필요는 없었다. 강찬은 고개를 휘휘 저은 뒤 에일렌에게 문자를 보냈다.

-저 30분 뒤쯤이면 도착합니다.

-네. 저도 그쯤 도착해요.

준비를 하고 있던 것인지 곧바로 답장이 왔다. 문자를 확인한 강찬은 곧바로 에일렌을 만나기로 한 약속 장소로 향했다.

다른 사람들을 만날 때마다 이곳으로 오다 보니 이제는 자주 앉는 자리까지 생길 정도였다.

강찬은 항상 앉던 창가 자리에 앉아 커피를 주문한 뒤 시나리오를 읽기 시작했고 얼마 지나지 않아 에일렌이 도착했다.

이제 5월. 날이 풀리기 시작하자 강찬은 하늘색 셔츠와 가디건을 걸친 뒤 청바지를 입고 나왔다.

"어."

"어⋯⋯."

에일렌 또한 가죽 재킷에 하늘색 셔츠, 그리고 청바지를 입고 있었다. 에일렌이 묘한 미소를 지으며 자리에 앉았자 강찬이 말했다.

"요새 하늘색 셔츠가 유행인가 봐요."

"우리 둘밖에 없는데요?"

악동 같은 미소를 지은 그녀가 가방을 옆자리에 내려놓으며 말을 이었다.

"뭐 유행이라 쳐요. 광고 봤어요. 인터넷에 TV에 완전 난리던데? 축하해요."

"다 에일렌 덕이죠."

"아뇨. 강찬 씨 덕분이죠. 덕분에 확실해졌는걸요."

"어떤 게요?"

"난 가수가 하고 싶어요. 그래서 할 거고, 기회도 잡았어요."

강찬의 입가에 미소가 번졌다. 그녀가 말한 기회란 보컬 학원의 원장일 터. 강찬의 미소를 본 그녀가 말을 이었다.

"고마워요. 그쪽이 나한테 이상한…… 까진 아니지. 어쨌거나 그런 부탁을 하지 않았다면 난 아직도 갈피를 못 잡고 헤매고 있었을 거니까."

여진주가 순수한 매력이 있다면 에일렌에게는 털털함과 솔직함 사이의 톡톡 튀는 매력이 있었다.

할 말이 없어진 강찬은 고개를 끄덕인 뒤 품에서 봉투를 꺼내 그녀에게 건넸다.

"전에 말했던 인센티브예요. 계약금도 포함이고."

"……계약금이요? 전에 받았는데?"

"당연히 새로운 계약에 대한 돈이죠."

돈 봉투로 손을 뻗던 에일리의 얼굴에 흥미롭다는 미소가 걸렸다. 그녀는 손을 멈추지 않고 돈 봉투를 쥔 뒤 말했다.

"원래 영화를 찍는다 했으니, 영화겠네요? 그리고 부탁할 건 또 BGM?"

"아뇨. 90분짜리 영화 BGM 혼자 하다간 올해 안에 못 끝내요. 제가 부탁드릴 건 OST입니다."

에일렌이 'OST' 하고 낮게 읊조린 뒤 흰 봉투의 겉면을 쓰다듬었다. 단 한 장이 들어 있는 흰 봉투였다.

아마 수표겠지. 과연 얼마일까.

계약금으로 100만 원을 내밀었던 남자다. 그보단 많겠지. 에일렌은 액수를 생각하다 이내 강찬과 눈을 맞췄다.

"계약금은 얼마예요?"

"조건은 전과 같습니다. 인센티브는 계약서 쓰면서 따로 조정하기로 하고. 하실 건가요?"

에일렌은 긍정도 부정도 아닌 표정으로 돈 봉투를 열어보았다. 그리고 안에 들어 있는 수표를 본 뒤 입을 벌렸고. 그에 맞춰 그녀의 눈 또한 화등잔만 하게 커졌다.

"오백만 원? 세상에나. 그럼 계약금 빼고 사백이 내 인센티브예요?"

"예. 이번 영화가 더 잘된다면 OST의 인센티브는 더 클 겁니다."

그녀가 없었다면 강찬의 광고는 이런 감칠맛을 갖지 못했을 것이다. 그랬다면 경합에서는 이겼을지 몰라도 이사들의 마음을 사진 못했을 터.

게다가 광고 이익 또한 그녀의 덕이 있었으니 그녀에게 주는 돈은 전혀 아깝지 않았다.

외려 미래에 대한 투자라는 생각에 선뜻 건넬 수 있었다. 지금 그녀에게 오백만 원으로 호의를 사둘 수 있다면, 미래에는 몇천, 몇억의 가치가 되어 되돌아올 테니.

"OST 한 곡에 몇백을 준다고요?"

"에일렌이 유명해지면 노래 한 곡에 몇천씩 벌고 그럴 텐데요."

"그거야 유명해진다는 가정 아래고. 내가 유명해질 줄 누가 알아요?"

"제가요."

"……낯간지러운 말을 눈도 안 깜빡이고 잘 하시네요."

"특기입니다."

에일렌은 열이 오르는지 가죽 재킷을 벗어 의자에 걸치고는 오백만 원짜리 수표를 봉투에 넣은 뒤 말했다.

"언제까지 하면 되죠?"

"쿨해서 좋네요."

"그쪽도요. 세상에 어떤 스무 살이 오백만 원을 이렇게 쉽게 주겠어요?"

"누가 쉽게 준대요?"

강찬은 씩 웃은 뒤 계약서를 내밀었다. 그녀의 미래를 아는 강찬이었기에 그냥 진행해도 상관없었겠지만, 이건 서로의 신뢰를 위한 절차였다.

계약서를 쓱 읽어본 에일렌은 고개를 끄덕인 뒤 사인을 하고 지장을 찍었다. 지장을 찍기 위해 인주까지 준비해 온 강찬을 본 에일렌이 헛웃음을 흘리며 말했다.

"철두철미하시네."

"일이니까요."

계약서를 한 부씩 나눠 가진 강찬은 만족스러운 미소를 지은 뒤 말했다.

"이번 노래도 잘 뽑아주세요."

"그럼요."

강찬은 그녀에게 시나리오 한 부를 건넨 뒤 자리에서 악수를 마쳤다. 그때 에일렌이 카메라를 꺼내며 말했다.

"기념사진 한 장 찍어도 되죠?"

"예?"

"사진 찍는 게 취미라서요."

강찬이 고개를 끄덕이자 에일렌이 자리에서 일어서 그의 옆으로 다가와 브이 포즈를 하며 셀카를 찍었다.

사진을 확인한 에일렌은 만족스러운지 고개를 끄덕인 뒤 말했다.

"이거 싸이에 올려도 되죠?"

"에일렌도 싸이 해요?"

"네."

강찬은 별생각 없이 고개를 끄덕였다.

에일렌과 만남 후 집으로 돌아온 강찬은 곧바로 작업에 들어갔다.

시나리오가 완성되긴 했지만 아직까지 마음에 들지 않는 곳도 있었고 억지로 이어 붙인 곳도 있었다. 그런 부분을 자연스럽게 고쳐야 하고 배우들에게 보여줄 스토리보드도 그려야 한다.

이번 작품부터는 영일 미디어아츠에서 나온 스태프팀이 있긴 했지만, 아직은 직접 하는 게 더 편했다.

'더 낫기도 하고.'

자신이 더 잘할 수 있는 일을 굳이 남에게 맡기고 싶지 않았다. 다른 생각이 들자 강찬은 잠깐 키보드에서 손을 떼고 기지개를 켰다.

"으어어."

슥 둘러보니 방도 한 번 치울 때가 되긴 했다. 수북이 쌓인 시나리오, 스토리보드, 계획서, 제안서 등이 그의 방을 가득 채우고 있었으니까.

하지만 지저분하다는 느낌보다는 뿌듯하다는 느낌이 먼저 들었다. 저것들이 모두 강찬의 발판이 되어줄 것이었으니까.

'이제 하나 해결이네.'

가장 큰 문제였던 제작비가 해결되었다. 독립 영화의 특성상 많은 제작비가 들어가는 장면은 배제한다. 강찬 또한 그랬고.

그렇기에 제작비에 여유가 있었지만, 강찬은 투자금을 놀릴 생각이 없었다.

'시간을 사야지.'

24시간 중 1분 1초도 허투루 쓰지 않고, 빈틈없는 타임 테이블을 돌린다면 강찬의 5개월은 5개월이 아니라 10개월이 될 것이었다.

그렇게 생각한 강찬이 고개를 끄덕인 그때.

"시간을 사고 싶어요?"

강찬 홀로 있던 그의 방 안에 여자의 목소리가 울려 퍼졌다.

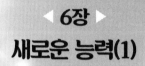

◀ 6장 ▶
새로운 능력(1)

　소스라치게 놀란 강찬은 그대로 굳었다.

　홀로 있는 방에서 여자의 목소리라니. 그것도 자신의 생각을 읽는…….

　'어?'

　생각을 읽으며 아무 데나 나타나는 존재. 그런 존재를 강찬은 알고 있었다. 강찬은 굳었던 몸이 풀리는 것을 느끼며 뒤로 돌았고, 평소와는 조금 다른 표정의 그녀를 발견했다.

　마치 무슨 말을 하고 싶은데 못 하는 것과 같은 답답함이 서린 얼굴. 강찬이 의아한 얼굴을 하고 있자 그녀가 말했다.

　"능력."

　"예."

"제대로 사용하고 있다고 생각하나요?"

당장 그렇다는 대답이 먼저 떠올랐지만, 그녀의 표정을 보고 말을 들은 강찬은 쉬이 대답할 수 없었다.

그런 대답을 원하고 물은 게 아닌 뉘앙스였으니.

그가 고민에 빠진 사이 그녀가 말했다.

"맞아요."

생각을 읽은 말이었다. 즉, 강찬이 잘못 사용하고 있다는 것이었고…….

'잘못 쓰고 있다는 건가?'

일단 한번 능력이 발아되면 능력은 계속해서 유지된다. 강찬이 따로 생각하지 않더라도 그의 행동에 녹아나는 것이다.

'켜고 끌 수 있다든가…….'

굳이 켜고 끌 이유가 없다. 강찬이 그런 걸 모른다고 답답해할 존재도 아닌 것 같고.

'그렇다면 뭘까.'

강찬은 능력에 대해 고민을 해보았지만, 현실성 있는 사용 방안이 떠오르지 않았다. 편집, 연설, 음주, 연기 이런 것들로 세계를 구하는 슈퍼히어로가 될 수 있는 것도 아니고.

그때, 그녀가 등장하며 했던 말이 떠오른 강찬이 그녀에게 물었다.

"시간을 살 수 있냐고 물었었죠?"

그녀는 대답 대신 고개를 끄덕였는데 방금 답답한 표정과는 살짝 달랐다.

'이 방향이 맞는 건가?'

시간을 산다는 것은 비유적인 표현이다. 영화 촬영 기간을 단축하겠다는 거니까. 그러기 위해서는 강찬 자신뿐만 아니라 다른 스태프들 또한 쉴 새 없이 움직여야 한다.

즉, 다른 이들의 능력 또한 한계까지 끌어내야 한다는 뜻이다.

'이거랑 내 능력이 무슨 상관이지? 다른 사람의 능력을 끌어올릴 수 있는 능력이라도 발아시킬 수 있는 건가?'

답답한 마음에 강찬의 시선이 그녀의 얼굴로 향했다.

"맞습니까?"

"비슷해요."

"그냥 시원하게 말해주면 안 됩니까? 이건 이렇게 해야 한다. 이렇게요."

"관여할 수 없어요."

그녀의 대답에 말문이 막힌 강찬이 아, 하는 소리와 함께 한숨을 내쉬었다. 직접적인 말이 아닌 간접적인 말만 할 수 있다는 건가.

그렇다면 강찬이 말하고 그녀의 얼굴을 살피면 되는 것이다.

"미래에 대해 물어도 똑같은 대답을 하실 겁니까?"

서대호의 변하지 않은 미래, 그리고 송인섭의 변할 수도 있는 미래. 두 가지에 대해 계속 의문을 품고 있던 강찬이 물었고.

"미래는 변해요."

의외의 확답에 강찬의 눈이 둥그레졌다.

"변한다고요?"

"당장 자신의 인생을 보아도 알 수 있지 않나요?"

"그럼 서대호와 윤혜지는 어떻게 된 겁니까?"

"운명이죠."

'운명이라.'

운명이라는 것은 실존하는 모양이었다. 미래는 달라질 수 있어도 운명은 달라지지 않는다는 뜻.

'……차이가 뭐야, 도대체.'

물어볼수록 의문만 증식했다. 강찬은 머리를 휘휘 저어 잡념을 털어낸 뒤 생각을 정리했다.

"어쨌거나 운명이 실존하고 미래가 아무리 변해도 운명은 거스를 수 없다. 맞습니까?"

"예."

"그리고 내가 가진 능력을 잘 사용하면 지금보다 훨씬 시간을 단축할 수 있는데 내가 제대로 못 쓰고 있다. 맞습니까?"

"예."

"마지막으로, 내 운명은 그 자리에서 죽는 게 아니었습니다.

맞습니까?"

강찬의 물음에 그녀는 미소를 지었다.

그걸로 충분했다.

"알겠습니다."

그녀 또한 만족한 얼굴로 고개를 끄덕였다. 그러곤 신기루처럼 사라져 버렸다.

"……참 한결같은 여자야."

여자긴 할까, 하는 생각도 잠시. 강찬은 의자에 앉은 채 생각에 잠겼다. 그녀가 말한 '시간을 살 수 있는 방법'을 알아내기 위해서.

다음 날.

강찬은 윤가람 PD와 안민영 PD를 만나기 위해 영일 미디어 아츠 본사를 찾았다.

"……피곤해 보이시네요?"

"밤에 일이 좀 있어서요."

어젯밤, '그녀'가 다녀간 후 강찬은 잠을 자지 못했다. 그도 그럴 것이 시간을 줄일 방법이 눈앞에 있는데 그걸 알아내지 못하니 답답해 잠이 오지 않은 것이었다.

"무슨 생각을 그리 깊게 하세요?"

"아, 잠을 잘 못 자서 멍하네요."

윤가람 PD와 함께 소회의실로 들어가자 안민영 PD가 그곳에서 기다리고 있었다. 짤막한 인사를 나눈 강찬은 투자자들에게 보여줬던 것과 다른 촬영 계획표를 꺼내 들었다.

"이게 뭔가요?"

"촬영 계획표…… 치곤 너무 두꺼운데?"

두께만 하더라도 어지간한 사전보다 두꺼웠는데 크기가 A4 용지였다. 두 사람이 촬영 계획표를 펴보자 강찬이 말했다.

"한 달 치 촬영 계획표입니다. 일주일 뒤부터 촬영 들어갈 예정이고 오늘부터 3일 안에 캐스팅 마무리할 겁니다. 촬영 장소, 장비, 배우, 스태프. 필요한 목록은 전부 작성해 두었으니 그거 보시고 그대로 예정 맞춰주시면 됩니다. 어지간하면 맞춰주시고 안 되는 부분은 두 분이 협의하셔서 저에게 알려주시면 그대로 수정해 보겠습니다. 일단 배우부터 말씀드리면……."

강찬의 말이 속사포처럼 이어지는 것을 멍하니 듣고 있던 안민영이 잠깐, 잠깐, 하면서 강찬의 말을 끊었다.

"이게 뭐라고?"

"한 달 치 촬영 계획표요."

"……그걸 왜 강 감독이 짰어?"

"시간이 없으니까요. 한 달 치만 제가 짜놓고 그 이후 일정은 제 시나리오 맞춰서 두 분이 맞춰주시면 됩니다. 그럼 설명 이어서 하죠."

"자…… 잠깐만요."

듣도 보도 못한 진행 방식에 당황한 두 사람이 수첩과 노트를 꺼내자 그걸 본 강찬이 말했다.

"차라리 녹음기가 낫지 않을까요."

"맞네. 그렇지. 윤 PD, 녹음기."

"네. 여기요."

윤가람이 녹음기를 꺼내 테이블 위에 놓자 강찬의 설명이 이어졌다.

"기성 배우는 쓸 생각 없습니다. 캐스팅 풀 준비해 주시면 제가 고르겠습니다. 내일 아침까지 보내주시면 감사하고…… 늦어도 내일 끝나기 전까지는 보내주십쇼. 드라이 리딩이나 오디션 없이 바로 촬영 들어가겠습니다. 그리고 다른 일정 생기거나 계획표 수정되면 따로 말씀드리겠습니다."

강찬이 말을 하고 있었지만 두 사람의 귀에는 들리지 않았다.

'뭐 이런 사람이 다 있어.'

이런 식으로 일하는 영화감독은 들어본 적도 없다. 영화감독은 말 그대로 감독이다. 영화를 촬영하는 감독.

그리고 그 외적인 것들은 조감독이나 PD가 하게 마련인데, 강찬은 그 모든 것을 혼자 진행해 버린 것이다.

"궁금한 거 있으시면 물어보세요."

강찬이 말이 끝나자 멍하니 있던 안민영은 깜짝 놀라 녹음기를 바라보았다. 붉은빛이 반짝이는 게 다행히 녹음이 잘되고 있는 모양이었다.

"왜 이렇게 빨리 진행하는 거야?"

"다섯 달 안에 선댄스 출품해야 하거든요."

강찬의 말이 끝났을 때, 촬영 계획표를 보던 윤가람이 경악한 목소리로 말했다.

"⋯⋯이거 이상한데요? 타임 테이블이 24시간으로 되어 있어요. 다음 날도 그렇고⋯⋯ 그다음 날도⋯⋯."

"스태프 두 팀 꾸려서 계속 촬영할 겁니다. 그래서 PD님도 두 분인 거고요. 좀 무리다 싶으면 세 팀까지도 생각하고 있습니다."

"⋯⋯세상에나."

두 PD의 시선이 허공에서 부딪혔고, 두 사람은 서로의 표정에서 같은 감정을 느꼈다.

"진심이야?"

"예."

너무나 단호한 대답에 두 사람의 말문이 막혔을 때, 강찬이 말을 이었다.

"촬영 기간은 세 달입니다. 딱 세 달만 고생하시죠. 대신 페이는 톡톡히 쳐 드리겠습니다."

기성 배우가 등장하지 않는다는 것 하나만으로 제작비에 여유가 생긴다. 거기다 배혜정의 투자금과 영일 미디어아츠 삼천만 원어치 이용권까지.

독립 영화치고는 꽤 괜찮은 자금력. 그렇기에 돈으로 시간을 사버린 것이었다.

"하시겠습니까?"

강찬의 말에 두 사람이 서로를 바라보았다. 안민영과 윤가람은 강찬이 어떤 사람인 줄 알고 얼마나 재능이 넘치는 사람인 줄 안다.

그렇기에 저 계획표가 그대로 현실에 반영될 것도 알고, 그것으로 탄생할 작품이 기대가 되기도 했다.

문제는 자신들의 피와 땀으로 만들어질 영화라는 것이었지만.

잠시 고민하던 윤가람이 결정을 한 듯 말했다.

"강 감독님."

"예."

"가능할까요?"

"제가 가능하다고 말하는 게 윤 PD님에게 중요하다면, 몇 번이라도 말씀드릴 수 있습니다. 가능합니다. 가능함을 넘어서 충분합니다."

그가 말하자 자신감의 표현이 아닌 진실 같았다. 마치 변호사가 자신의 변론을 부르짖는 듯한 모습. 내용은 신뢰가 안 가는데 그 사람 자체에 대한 믿음이 가는 느낌이랄까.

"선댄스라. 언젠가 한번 해보고 싶긴 했습니다. 전 하겠습니다."

윤가람이 자신을 설득하듯 고개를 주억거린 순간.

[능력 단계 상승: 연설 - 2단계]

[발아 진로 선택 가능]

[선택지]

[설득: 소수의 상대를 설득하는 데 능해지며 대상의 환심을 사기 쉬워진다.]

[웅변: 다수의 대상에게 연설하는 데 능해지며 언어의 구사가 자연스러워진다.]

강찬의 눈앞에 메시지가 떠올랐다.

근래 들어 다른 이들을 설득할 일이 많아서였기 때문일까, 연설 능력이 발아 2단계에 올랐다.

강찬은 고민할 것도 없이 설득을 골랐다.

그가 감독으로서 상대해야 할 사람은 수도 없이 많다. 하지만 설득을 선택한 이유는 감독의 역할 상 다수의 대상에게 연설할 일보다는 한 사람을 설득하거나 지시하는 경우가 많기 때문이었다.

빠르게 선택을 마친 강찬은 윤가람과 악수를 한 뒤 안민영을 바라보았다.

'설득이라.'

연설의 효과는 두말할 것 없었다. 배혜정과 백중혁, 그리고 영일 미디어아츠의 이사들을 설득해 자본을 마련할 수 있었으니까.

그렇다면 연설의 2단계는 어떨까.

강찬은 미소를 지은 채 안민영에게 말했다.

"하시죠."

단순한 세 글자.

하지만 안민영의 얼굴에 서렸던 고민의 깊이가 깊어졌다. 24시간 촬영이라면 적어도 한 달 정도는 밤샘 생활을 각오해야 했다.

그렇기에 잠시 고민한 것이었지만 강찬의 말을 들은 순간 긍정적인 생각이 피어났다.

'세 달 정도 투자해서 선댄스 대상 받으면 커리어에 엄청 도움이 되긴 할 텐데.'

엄청 수준이 아니다. 적어도 한국 영화가 선댄스에 진출해 심사위원대상을 받은 적은 없었으니까.

"누가 하기 싫대? 내 스케줄 점검하고 있었거든."

안민영이 입술을 비죽이며 생각에 잠겼고 그 모습을 본 강찬이 속으로 헛웃음을 흘렸다.

설득 능력이 어느 정도의 힘인가 확인하고 싶어 일부러 쉽게 말했다. 그 순간 안민영의 표정이 긍정적으로 변한 것을 보았기에 헛웃음을 흘린 것이었다.

'이거 엄청난데.'

2단계만 하더라도 이런데, 3, 4단계를 넘어 개화를 하게 된다면? 과연 어떤 힘을 발휘할지 기대가 되었다.

"그래서. 스케줄이 어떠신데요?"

안민영은 이미 마음을 굳혔지만 밀당을 하고 싶은 건지 고민하는 척을 하며 자신의 입술을 톡톡 두들겼다.

"될 것 같아."

"하신다는 거죠?"

"그래."

강찬은 안민영에게 손을 내밀며 말했다.

"그럼 '악당'을 위해 잘 부탁드립니다."

악당.

강찬이 선댄스 영화제에 출품할 영화의 제목이었다.

사흘간 강찬과 두 피디는 붙어산다는 말이 어울릴 정도로 자주 만났다. 가장 중요한 배우 캐스팅부터 촬영 장소 협조, 촬영 장비의 조율과 스태프팀의 일정까지.

본래 영화 촬영을 할 때는 각각의 팀들과 협의를 하겠지만 이번 현장은 강찬이 모든 것을 조율했기에 그와 이야기를 나눈 것이었다.

그렇게 정신없이 바빴던 사흘이 지나고 드디어 진정한 의미의 첫 촬영 날이 다가왔다.

안민영과 윤가람, 두 사람의 캐스팅 풀을 합치자 거짓말 조금 보태 대한민국에 있는 모든 조연의 얼굴을 볼 수 있었다.

비록 서류상이긴 했지만, 그것만으로도 만족스러웠다. 강찬에게는 미래의 지식이 있었으니까.

강찬에게 필요한 조연은 둘. 악역과 강찬을 도와줄 감초 역할이었다. 그리고 그 역할에 어울리는 두 명은.

"유상현 배우, 그리고 표해찬 배우님 반갑습니다. 이번 작품의 메가폰을 잡게 된 강찬입니다."

유상현은 30대 중반의 배우로 툭 튀어나온 턱과 후덕한 몸집이 인상적인 배우였다. 훗날 영화판의 감초 혹은 신 스틸러

중 제일이라 불리는 조연으로 성장하지만, 주인공 역은 맡지 못하는 배우로 유명해질 이였다.

이유는 많았지만 그중 가장 큰 것은 마스크였다. 툭 튀어나온 턱 때문에 사나워 보이는 것이 첫 번째였고 둘째로 개성이 너무 강했다.

그리고 표해찬. 20대 후반이자 영화판에 들어서신 지 얼마 되지 않은 배우였다. 표해찬 또한 유상현과 비슷한 이유로 뜨지 못했던 사내.

유상현이 너무 개성 있어서 주인공을 맡지 못했다면 표해찬은 개성이 없었다. 너무 밋밋한 얼굴과 연기로 안정적인 엑스트라로 쓰긴 좋았지만 한 방을 줄 수 있는 주인공으로는 어울리지 않았기 때문이었다.

"반갑습니다."

"안녕하세요."

강찬과 서대호, 윤가람과 안민영, 그리고 유상현과 표해찬. 마지막으로 이여름까지 일곱 사람이 테이블에 둘러앉았다.

"들으셨겠지만 독립 영화입니다. 그렇다고 페이가 낮은 것도 아니라는 것도 들으셨을 겁니다."

두 조연의 고개가 동시에 끄덕여졌다.

사실 두 사람은 페이를 맞추는 것보다 영화에 출연하는 게 더 급한 사람들이었다.

배우의 삶이라는 게 겉으로는 화려해 보일지 몰라도 누군가가 찾아주지 않는다면 대리운전과 아르바이트 등을 하며 생계를 이어갈 수밖에 없다.

"그럼 일 얘기로 넘어가죠. 두 분은 조연, 이여름 양과 제가 주연입니다."

이 이야기도 계약 전 미리 전달했던 것이어서 두 배우 모두 별다른 표정의 변화는 없었다.

하지만 열 길 물속은 알아도 한 길 사람 속은 모른다고 무슨 생각을 하고 있는지까지는 알 수 없었다.

강찬은 계약 사항에 대해 간단히 이야기하고 앞으로 촬영이 어떻게 진행될지 간단히 설명했다.

질문과 응답이 이어지고 곧 모든 이야기가 끝났을 때 강찬이 말했다.

"그럼 촬영 시작하죠."

첫 촬영은 이여름과 감초 역인 표해찬이 등장하는 장면이었다. 두 사람은 안정적인 연기와 호흡을 선보이며 촬영을 이어갔다.

'다른 사람의 능력을 끌어낼 수 있는 것과 비슷하다 했

지⋯⋯.'

카리스마, 혹은 리더십. 이런 능력이라도 발아한다는 걸까. 그건 아닐 것이다. 능력을 발아시키는 것이라면 '제대로 사용하고 있냐'가 아니라 '아직 발아시키지 못한'식의 뉘앙스로 말했을 테니까.

'미치겠네.'

그 생각 때문에 촬영에 집중할 수가 없었다. 강찬은 눈을 꾹 감았다가 뜨며 머리를 비워 버렸다.

'지금 집중해야 할 거에 집중하자.'

"오케이! 컷! 그럼 신36 들어갑니다. 준비해 주세요!"

두 사람의 장면이 끝나자 바로 옆에 준비된 세트로 카메라와 스태프들이 우르르 움직였다. 그것을 보고 있던 서대호가 말했다.

"여름이 연기 잘하네. 표 배우님도 그렇고."

도저히 11살의 연기라고는 볼 수 없는 안정적인 발성과 뚜렷한 표정. 무언가 폭발하는 듯한 느낌은 없었지만, 그것만으로도 충분했다.

"나 촬영 들어간다."

"잘하고 와."

"그래. 모니터링 좀 부탁한다."

서대호가 장비를 세팅하는 사이 강찬은 준비가 끝나가는

세트 안으로 들어갔다. 이여름은 이번 장면을 위해 분장을 받고 와야 했기에 강찬이 먼저 들어온 상황. 강찬이 대본을 읽고 동선을 파악하는 사이 이여름이 도착했다.

이여름과 함께 대사를 맞춰보는 사이 곧 촬영장의 스탠바이가 완료되었고.

"19에 3에 7! 레디 액션!"

서대호의 큐 사인과 함께 이여름의 연기가 시작되었다.

"고마워요."

이여름의 말에 강찬이 머쓱히 웃으며 뒷머리를 긁적인다. 그러곤 담배를 꺼내 물었다가 이내 이여름의 얼굴을 보고 담배를 다시 집어넣는다.

"펴도 되는데."

"애 앞에서는 피우는 거 아니야."

"나 애 아닌데."

강찬은 이여름의 연기에서 알 수 없는 어색함을 느꼈다. 마치 자신을 불편해하며 시선을 피하는 것 같았다. 표해찬과 연기할 때와는 확연히 다른 모습이었지만 그렇다고 NG 사인을 주기에는 잘하고 있었다.

'뭐지?'

그러다 보니 오히려 강찬의 페이스가 말렸고 결국 혀가 꼬이고 말았다.

"컷! NG! 다시 갈게요!"

서대호가 소리치고 카메라들이 원래의 위치로 돌아갈 때, 강찬이 이여름에게 물었다.

"무슨 일 있어?"

"예? 아뇨."

기우인가, 하고 생각할 때, 그녀가 강찬의 눈을 피해 시선을 돌렸다. 강찬은 그녀의 시선을 따라 세트장 밖을 보았고, 그곳에 서 있는 분장팀을 발견했다.

전에 촬영장을 딜레이시켰던 것이 미안했는지 오늘은 빠릿하게 움직이던 그들인데.

'뭐지?'

강찬은 그들에게서 시선을 돌린 뒤 이여름에게 물었다.

"아까랑 다른데?"

"잠깐 다른 생각이 들어서요. 열심히 할게요."

'분명 뭔가 있는데.'

이여름은 계속해서 자신의 시선을 피하고 있었고 시선을 피한 곳에는 항상 분장팀 네 사람이 있었으니까.

누가 보면 자신이 NG를 내놓고 이여름에게 생떼를 쓴다 생각할 수도 있는 모습.

짧게 혀를 찬 강찬은 다시 큐 사인을 보냈다. 그러자 서대호가 촬영을 재개시켰다. 곧 그들의 촬영이 끝난 후.

"여름아, 얘기 좀 하자."

강찬이 이여름을 불렀다.

강찬은 이여름과 함께 휴게실로 들어왔다. 방금 촬영이 끝났기에 휴게실에는 아무도 없는 상황이었다.

"뭐 마실래?"

"커피요."

"커피 마시면 키 안 큰다, 너. 피부도 안 좋아지고."

"음…… 그럼 코코아요."

코코아 한 잔과 커피를 뽑은 강찬이 이여름의 앞에 앉았다. 그러자 이여름이 강찬의 컵을 보곤 말했다.

"감독님도 커피 드시면서."

"난 배우가 아니잖아. 피부 좀 나빠지면 화장 두껍게 하지 뭐."

살짝 어둡던 이여름의 얼굴에 미소가 번졌다. 이여름은 뛰어난 자질을 가진 배우였다. 하지만 아직 11살짜리 아이. 감정의 동요를 숨길 수 있는 나이는 아니었다.

"진짜 아무 일 없니?"

"네."

대답하는 목소리는 밝았지만, 그녀의 무릎에 놓인 손가락은 쉴 새 없이 꼬물거리고 있었다. 귀여운 모습에 미소를 지은 강찬이 말했다.

"말해도 괜찮아. 분장실에서 무슨 일 있었니?"

"진짜 아무 일 아닌데……."

"아무 일 아닌 게 뭔데?"

"그냥…… 제가 어떻게 강찬 감독님하고 함께하는지를 물어봤어요. 연기를 눈에 띄게 잘하는 것도, 그렇다고 특별한 것도 아니라면서……."

듣고 있던 강찬은 자신의 귀를 의심했다.

"……누가?"

"그 갈색 머리 여자분이요."

분장팀의 갈색 머리라면 '한성희'. 네 명으로 이루어진 분장팀원 중 치프 다음 자리를 꿰차고 있는 여자였다.

"자세히 말해보렴."

강찬의 목소리가 굳자 이여름이 몸을 웅크렸다. 그러자 강찬은 이여름의 어깨에 손을 얹으며 말했다.

"여름아, 널 혼내려는 게 아니야. 그 사람이 무슨 말을 했는지 궁금해서 그래."

"진짜요?"

"그럼. 여름이가 뭘 잘못했다고 혼내겠어."

강찬의 말에 이여름은 천천히 고개를 끄덕이더니 말했다.

"분장을 받으러 갔는데, 제가 감독님이랑 어떤 관계냐고 물어봤어요."

"한성희 씨…… 그러니까 갈색 머리 여자가?"

"네."

"그래서?"

"관계가 뭐냐 물어봤어요. 그랬더니 막 웃다가…… 감독님에 대해 물어봤어요. 어떤 사람이냐고…… 그래서 좋은 사람이라고 말했더니 저한테 물어봤어요. 네가 연기를 잘하는 것 같냐고…… 그래서 그렇다 했더니 아니라고 하셨어요."

"허."

들다 보니 절로 헛웃음이 났다. 이여름이 거짓말을 할 이유는 없다. 그러니 한성희가 진짜 저런 소리를 했다는 건데.

이해가 되질 않았다.

'도대체 왜?'

"그리고?"

"전 연기를 잘하는 게 아니라고…… 운이 좋은 거니까 더 노력해야 한다면서……."

끝에 갈수록 이여름의 목소리가 줄어들어 마지막에는 잘 들리지도 않았다. 하지만 그녀가 무슨 걱정을 하고 불안감을 가지고 있는지는 파악할 수 있었다.

어이가 없는 것도 잠시. 점점 짜증 섞인 화가 차오르기 시작했다.

"그게 다니?"

"어릴 때부터 잘되는 배우들은 빛이 나는데 넌 그런 게 없으니 감독님하고 계속 가야 한다고…… 꼭 잡으라고 했어요."

이해할 수 없는 사람은 수도 없이 많다. 하지만 그런 이를 만날 때마다 도대체 왜? 하는 생각이 드는 것까지 어쩔 순 없었다.

고개를 휘휘 저으며 이해를 포기한 강찬이 이여름을 바라보았다.

'일단 여름이부터.'

한성희가 왜 그런 짓을 했는지, 그리고 그 여자를 어떻게 처리할지는 조금 후에 생각해도 된다. 지금 중요한 것은 이여름을 안정시키고 그녀의 멘탈을 케어해 주는 것.

심호흡을 한 강찬이 이여름의 머리를 쓸어주며 말했다.

"여름이는 진짜 그렇다고 생각하니?"

"예?"

"네가 특출난 것도 없고 연기도 못한다고 생각해?"

강찬의 물음에 이여름이 고개를 저었고 그것을 본 강찬은 안도의 한숨을 내쉬었다.

"나는 여름이의 연기가 좋아. 또 잘한다고도 생각하고. 그러니까 광고도 함께 찍었고, 지금 영화도 찍고 있지. 만약 여름이가 연기를 못했다면 내가 여름이랑 같이 일하려고 했을까?"

"……아뇨."

강찬의 칭찬에도 이여름은 여전히 풀이 죽어 있었다. 11살짜리 아이가 그런 이야기를 들으면 풀이 죽는 것은 당연지사.

안쓰러운 모습에 이여름의 어깨에 손을 올린 강찬이 말을 이었다.

"그 사람은 자기가 갖지 못한 걸 여름이가 가지고 있어서 질투한 거야."

"그게 뭔데요?"

"그 사람이 말했던 거. 연기. 그 사람은 여름이처럼 어릴 때부터 빛나본 적이 없거든. 그래서, 부러워서 여름이한테 뭐라고 한 거란다."

강찬의 말에 이여름이 고개를 들어 그를 바라보았다. 그러곤 강찬과 눈을 맞추며 물었다.

"질투요?"

"그래."

이여름은 이해를 하려는 듯 몇 번 고개를 주억이다 말했다.

"잘 모르겠어요."

"이해할 필요 없단다. 확실한 건 여름이 네가 잘못한 게 아니라는 거야."

"그래요?"

"그럼. 여름이는 잘하고 있어."

강찬이 다시 한번 말을 덧붙이자 이여름은 그제야 안심했다는 듯 살짝 미소를 지었다. 그 후, 강찬은 몇 번이나 더 이여름에게 네가 잘못한 게 아니라는 말을 해준 뒤 휴게실 밖으로 나왔다.

'한성희라……'

분장팀의 직원이라는 것밖에 모르는 사람이다. 하지만 이여름에게 들은 것만으로도 그 사람의 인성을 짐작할 수 있었다.

'도대체 어떻게 돼 먹은 사람인지……'

아무런 이유 없이 이여름에게 그런 악담을 퍼붓진 않았을 터, 분명 기저에 깔린 이유가 있을 것이었다.

촬영장으로 돌아온 강찬은 서대호와 함께 조감독 역할을 하고 있는 윤가람 PD를 따로 불렀다.

"예, 강 감독님."

"바쁘세요?"

"아뇨. 말씀하세요."

"미술팀 어때요?"

예상외의 질문이었는지 윤가람의 시선이 세트를 손보고 소품을 정리하고 있는 미술팀으로 향했다.

"나쁘진 않습니다. 기본적으로 촬영 딜레이 안 시키고 있으니까요. 그나저나 여름이는 무슨 일입니까? 미술팀이랑 무슨 트러블 있답니까?"

"별일은 아닙니다만. 일이 좀 정리되고 말씀드리겠습니다."

윤가람은 아리송하다는 표정이었지만 이내 고개를 끄덕였다. 만일 자신이 알아야 할 일이라면 강찬이 말을 해줄 것이다.

그사이 촬영장을 둘러보던 강찬이 윤가람에게 말했다.

"개인적인 부탁 하나 해도 되겠습니까?"

"예. 말씀하십시오."

"분장팀에 한성희 씨가 어떤 사람인지 알고 싶습니다."

"한성희 씨. 예."

평소라면 관심이 있느냐는 농담이라도 하겠는데 분위기가 영 아니었다. 한성희의 이름을 수첩에 적어 넣은 윤가람이 물어왔다.

"더 필요하신 건요?"

"일단은 그거면 됩니다."

윤가람은 천천히 고개를 끄덕인 뒤 말했다.

"전에 늦은 거 때문이면 제가 가서 한번 말해볼까요?"

"아뇨. 제가 가겠습니다."

"알겠습니다."

윤가람과의 대화를 마친 강찬은 곧바로 촬영 현장을 훑었다. 강찬과 이여름이 빠진 세트장을 점검하는 미술팀과 다음 촬영에 등장할 엑스트라들의 분장을 돕는 분장팀이 강찬의 눈에 들어왔다.

그중에는 갈색으로 염색한 단발머리의 한성희도 있었다. 이목구비도 오밀조밀하고 피부도 하얀 게 꽤 예쁜 얼굴이었지만 너무 사나운 상이었다.

굳이 배역으로 쓰자면 여주인공의 뺨을 때리는 미운 시어머니 같은 이미지랄까.

'자를까.'

아니, 자르는 게 맞다. 아이한테 저런 소리를 하는 사람이라면 인성이 글러 먹은 것은 확실했으니까.

지금이야 강찬이 빠르게 발견해 이여름을 케어할 수 있었기에 다행이었다. 하지만 앞으로 또 무슨 일이 벌일지 모르는 지뢰를 깔고 갈 순 없는 노릇이다.

'문제는 증거인데.'

한성희가 한 말은 분장팀 전체가 들었을 것이었다. 하지만 과연 그들이 한성희에게 불리한 증언을 하려 할 것인가가 문제였다.

'그렇다고 그냥 자르면 잡음이 생겨.'

감독이란 영화를 총괄하는 사람이다. 그런 이가 인사권을 남용한다면 스태프들의 신뢰를 받을 수 없는 것은 당연지사.

그렇기에 모두가 납득할 수 있는 그림이 필요하고, 그것을 위해서는 한성희가 이여름에게 몹쓸 짓을 했다는 증거가 필요하다.

'아니지.'

잠깐 생각을 하던 강찬은 고개를 저었다.

'다신 남에게 휘둘릴 생각 없다.'

돌아오기 전, 다른 이에게 휘둘리는 것이 어떤 결과를 초래하는지를 몸소 겪은 이가 바로 나다.

아무리 사소한 것이라지만 다른 이들이 자신을 어떻게 볼지, 촬영장의 분위기가 좋지 않게 될까 봐 다른 이들에게 휘둘릴 순 없다.

'어차피 언젠가는 겪어야 할 일이었다.'

오히려 이번 상황을 기회 삼아 모든 스태프에게 각인시켜 두는 게 낫다고 여긴 강찬은 생각이 정리된 듯 고개를 끄덕였다.

그리고 그는 분장을 하고 있는 한성희에게 다가가 말했다.

"한성희 씨."

"예?"

"이야기 좀 하시죠."

세트장의 밖, 주차장으로 나온 강찬은 한성희와 마주 보았다. 그녀는 무슨 일인지 모르겠다는 듯 강찬을 바라보고 있었다.

아무런 말 없이 한성희를 해고하려 했던 강찬은 그녀의 얼굴을 보자 호기심이 드는 것을 느꼈다.

'도대체 왜 그런 소리를 한 걸까. 자신의 짐작대로 단순한 질투였을까, 아니면 다른 무언가가 있던 걸까.'

잠깐 생각을 하던 강찬이 그녀에게 말했다.

"제가 왜 부른지 아십니까?"

"아뇨?"

"그럼 촬영 전, 이여름 배우에게 했던 말은 기억하십니까?"

그제야 감이 잡히는지 한성희가 아, 하는 탄성을 낸 뒤 말했다.

"예. 기억해요."

"그런데도 제가 한성희 씨를 보자고 한 이유를 모르시겠습니까?"

한성희는 정말로 모르겠다는 듯 눈을 돌렸다가 강찬을 바라보며 말했다.

"설마 앞으로 잘해라, 하는 말을 한 것 때문에 이러시는 건가요?"

"예. 그겁니다. 근데 제가 이여름 배우에게 들은 것과는 차이가 있습니다만."

강찬의 말에 한성희가 어이가 없다는 듯 한숨을 흘렸다.

"이봐요, 감독님. 아무리 감독님이 데려온 배우가 한 말이라도 한쪽의 입장만 듣고 이러는 건 경우가 아니지 않나요?"

"그럼 이여름 배우가 거짓말을 했다는 겁니까?"

"모르죠. 걔가 감독님한테 무슨 말을 했는지 모르는데, 그 애가 뭐라고 했기에 이러는데요?"

그녀의 물음에 강찬은 이여름에게 들은 것을 토씨 하나 틀리지 않고 말해주었다. 그러자 한성희가 고개를 저으며 말했다.

"그런 말 한 적 없어요."

"그럼 11살짜리 아이가 지어냈다는 말입니까?"

"예."

"당신한테 무슨 악감정이 있어서?"

"저야 모르죠."

"그러니까 한성희 씨의 주장을 정리하자면, 당신은 좀 더 열심히 해라, 하고 말했을 뿐인데 이여름 배우가 과장을 해서 말했다는 겁니까?"

"그렇죠."

한성희의 태도가 너무 당당해 순간 이여름이 자신에게 거짓말할 이유를 생각해 보던 강찬은 고개를 휘휘 저었다.

'무슨 말도 안 되는…….'

이미 말이 안 통하는 사람이라는 걸 알고 있는 와중에 굳이 대화를 하려 했던 자신의 잘못이다. 강찬은 고개를 휘휘 저은 뒤 말했다.

"여기까지 하겠습니다. 당신은 해고입니다."

"예?"

말을 마친 강찬은 그대로 뒤로 돌아 촬영장으로 돌아가기 시작했다. 강찬은 할 수 있는 것을 다했다. 하지만 말이 통하지 않으니 어쩌겠는가. 이후의 문제는 영일에 맡기면 알아서 잘 해결해 줄 것이었다.

그런 일을 대신 해주기 위해 영일 미디어아츠 같은 회사가 존재하는 것이었고.

뒤에서 한성희가 무어라 소리 지르는 게 들렸지만 듣고 싶지도 않았다.

그렇게 강찬이 촬영장의 입구로 들어섰을 때, 돌연 달려온 한성희가 강찬을 지나쳐 촬영장 안으로 들어갔다.

"뭐야?"

그녀의 돌발 행동에 강찬이 당황했다. 세트장으로 들어선 그녀는 곧바로 미술감독에게로 달려갔다.

미술감독은 갑자기 나타난 한성희 때문에 놀란 것도 잠시, 그녀의 이야기를 듣기 시작했고 그 모습을 본 강찬은 헛웃음을 흘렸다.

'애도 아니고.'

강찬이 두 사람에게 도착할 때까지 한성희는 강찬을 손가락질하며 열변을 토했다. 곧 그녀의 이야기가 끝나자 미술팀의 팀장이자 미술감독을 맡고 있는 조성범의 미간이 찌푸려졌다.

"감독님이 직접 와서 성희 씨보고 해고라고 말했다고? 나한텐 말도 없이?"

"예."

"성희 씨가 무슨 잘못을 했는데?"

"그게…… 이여름 배우한테 몇 개 물어본 게 다예요."

"근데 성희 씨를 해고했다고?"

"예!"

"그럼 둘 중 하나겠네. 성희 씨가 아주 못된 걸 물어봤거나, 감독님이 아주 못된 사람이거나. 그렇지?"

그의 말에 한성희가 고개를 힘차게 끄덕였다.

"그럼 성희 씨 말부터 들어보자. 몇 가지 물어본 게 뭐야?"

"그냥 잘되라고 몇 마디 해준 게 다예요."

"그니까 잘되라고 몇 마디를 무슨 말로 했냐고."

"그러니까…… 지금보다 더 열심히 해야 한다고 말했어요."

그녀의 말을 들은 조성범의 미간이 찌푸려졌다.

"그런 말을 왜 해?"

"잘되라고요."

"그걸 대답이라고 해? 내가 지금 성희 씨 의도 물어봤어? 스태프가 배우한테 그런 말을 할 이유가 뭐가 있냐고. 당신이 배우야? 아니면 연기 선생이야?"

한성희는 대답하지 못했고, 그사이 강찬이 미술감독에게로 걸어가며 말했다.

"단순히 그것뿐이었다면 제가 직접 나서서 해고하지 않았을 겁니다."

말을 마친 강찬은 한 호흡을 쉰 뒤 이여름에게 들었던 말을 그대로 들려주었다.

한성희와 미술감독의 목소리가 높아져 다른 이들의 이목이 모두 집중되어 있는 상태. 강찬의 말에 다른 이들의 얼굴에 경악이 서렸다.

조성범 감독 또한 마찬가지.

"성희 씨, 진짜야?"

"그…… 그게."

"허, 그거 잘릴 짓 했네. 그런 말 하는데 오 팀장은 그냥 듣고 있었대?"

이 상황의 침묵은 곧 긍정이나 마찬가지였다. 조성범은 한숨을 푹 내쉬고는 강찬에게 다가와 말했다.

"미안합니다. 외주로 들어와서 이런 불화까지 일으키고. 다신 이런 일 없도록 하겠습니다."

조성범은 고개를 숙여 사과했고 강찬은 마주 고개를 숙이며 말했다.

"이해해 주시니 감사합니다."

만약 미술감독인 조성범까지 그녀를 감싸고 돌았다면 강찬은 미술팀 전체를 교체했을 것이었다. 그렇게 된다면 촬영장 분위기가 어수선해질 것이었고 그것을 수습하기 위해서는 꽤 오랜 시간이 걸렸을 터.

자연스레 조성범을 보는 강찬의 시선에 호의가 깃들었다.

"영택아, 가서 분장팀…… 아니다 내가 가야겠다."

조성범의 입장에서는 화가 날 법도 했다. 영일 미디어아츠는 알아주는 프로듀싱 회사. 힘들게 그들과 인연을 터 맡은 첫 일이 바로 '악당'이었다.

한데 그걸 일에 관한 실수도 아니고 입을 잘못 놀려 시작부터 틀어지게 만들 뻔한 것이다.

"그 소품이나 세트는 준비 끝났으니 제가 잠깐 자리를 비워도 촬영에 지장은 없을 겁니다. 잠깐 좀 다녀와도 되겠습니까?"

걸걸한 목소리에 어울리지 않는 겸손한 말투에 강찬이 고개를 끄덕였다.

"그럼요."

"무슨 일 있으면 영택이한테 말씀하시면 될 겁니다."

말을 마친 조성범은 생각할수록 화가 나는지 씩씩거리며 분장팀이 모여 있는 분장실로 향했다.

그의 뒷모습을 본 강찬은 짝짝, 손뼉을 쳐서 스태프들의 이목을 집중시킨 뒤 말했다.

"정리되려면 좀 더 걸릴 것 같네요. 30분만 더 휴식하겠습
니다!"

사건을 정리한 강찬은 곧바로 이여름을 찾았고, 이내 그녀
의 옆에 앉아 있는 안민영 PD를 발견했다.

"안 PD님? 언제 오셨어요?"

그의 물음에 안민영이 서류철 하나를 흔들거리며 말했다.

"우리 강 감독님이 심각해 보인대서 긴급으로 처리해서 들
고 왔더니, 세상에 이게 뭐람. 쓸모가 없어졌지 뭐야."

서류철을 받아 열어보자 분장팀의 이력서가 들어 있었다.

강찬이 윤가람 PD에게 조사를 해달라고 말한 것이 대충
30분 전. 그때 윤가람이 안민영에게 전화를 하고 그와 동시에
이력서를 들고 촬영장으로 찾아온 것이었다.

"……엄청 빠르시네요."

"그러게. 그럴 필요가 없었는데 말이야."

"감사합니다."

"감사까지야, 원래 해야 하는 일인데. 거기다 우리 이여름 배
우님을 괴롭힌 사람이라는데 혼내줘야지. 그치, 여름아?"

"네."

이여름은 안민영이 사다 준 거로 보이는 아이스크림 케이크를 먹으며 은은한 미소를 띠고 있었다.

강찬이 이여름의 표정을 살피고 있을 때 안민영이 물어왔다.

"잘 해결된 거지?"

"예."

"그럼 됐네. 봐봐, 여름아. 우리 감독님이 다 해결해 줄 거라고 했지?"

"네."

이여름은 케이크를 먹던 포크를 내려놓고 엄지를 치켜들었다.

이여름의 기분이 풀린 것을 보아 안민영이 무슨 이야기를 한 것 같은데 이여름의 앞이라 물어볼 수가 없었다.

강찬이 마주 웃어주자 이여름이 남은 포크 하나를 건네며 말했다.

"감독님도 드세요. PD님이 사다 주신 건데 엄청 맛있어요."

"그래."

강찬이 포크를 받자 이여름이 미소를 지으며 말을 꺼냈다.

"안 PD님이 그러시는데, 한성희 언니는 악플러래요."

"악플러?"

"네. 인터넷 기사에 악의적으로 댓글 다는 사람들 있잖아요. 그런 사람이래요. 그런 사람들은 제가 뭔가를 잘못하지 않더라도 그냥 욕을 하잖아요?"

강찬이 고개를 끄덕이자 이여름 또한 고개를 끄덕이며 말을 이었다.

"저는 그 사람들이 아무리 욕을 해도 괜찮았어요. 저는 잘하고 있나고 생각했거든요. 그런데 눈앞에 있는 사람이 그런 말을 한 건 처음이라…… 그랬던 거 같아요."

강찬이 아는 이여름은 강한 사람이었다. 악플이 달리면 그것을 읽으며 미소를 짓고, 더 열심히 하겠다 말하는 강한 배우였다.

하지만 그건 십여 년 뒤의 일. 그렇기에 아직 어린 이여름의 걱정을 했던 것인데, 그녀는 벌써 강찬의 생각보다 높은 곳에 올라 있는 모양이었다.

"여름이 대견하네."

강찬이 미소를 지으며 그녀의 머리를 쓰다듬어 준 순간, 이여름의 머리 위로 희미한 빛줄기가 피어올랐다.

강찬의 눈이 휘둥그레졌을 때, 이여름의 머리 위로 흘러나온 빛 덩어리가 이제 막 피어나는 식물처럼 줄기를 올렸다.

그것도 잠시, 빛줄기를 끝내 형상을 완성하지 못하고 다시 이여름의 머릿속으로 흡수되었다.

안민영의 시선 또한 이여름의 머리 위로 향했지만, 안민영은 아무것도 보지 못한 듯 물어왔다.

"여름이 머리에 뭐 묻었어?"

그녀의 물음에 정신을 차린 강찬은 말을 얼버무린 후 시선을 돌렸다.

'뭐였지?'

안민영의 태도를 보아 그녀의 눈에는 보이지 않은 게 분명했다. 그렇다면 강찬의 눈에만 보였다는 건데.

'이것도 능력과 관련된 건가.'

아니, 확실하다.

하지만 처음 보는 현상이었다.

'아니지, 내가 발아 능력을 얻을 때마다 저런 현상이 일어났을 수도 있어.'

자신의 머리 위에서 무슨 일이 일어나고 있는지를 볼 수는 없으니. 그렇기에 가능성은 충분했다.

하지만 이여름의 머리 위로 피어나던 것은 제대로 모양을 갖추지 못한 채 사라졌다. 즉, 아직 발아하지 못했다는 것인데.

'그럼 발아시킬 수 있다는 건가?'

그렇다면 그 여자가 말했던 '제대로 된 사용'이 다른 사람을 발아시키는 것일 수도 있다는 생각이 들었다.

만일 자신뿐만이 아닌, 다른 이들의 능력까지도 발아시킬 수 있다면?

'……시간을 사는 게 헛된 말은 아니다.'

강찬과 함께하는 스태프와 배우들, 나아가 그의 사단 전부가 능력을 발아한다면? 강찬 사단은 말 그대로 세계 최고의 영화 제작팀이 될 수 있을 것이었다.

강찬은 가볍세 돋는 소름을 느끼며 이여름을 바라보았다.

"여름아."

"네?"

"고맙다."

"……네?"

이여름은 이해하지 못한 듯 되물었지만, 강찬은 은은한 미소를 띤 채로 아이스크림 케이크로 손을 뻗을 뿐이었다.

'내가 발아했을 때.'

능력에 관한 일을 열심히 하다 보면 능력이 발아했다. 음주는 술을 마시며 한계에 도달했을 때였고 편집은 더 잘하고 싶다는 생각이 들었을 때다.

두 개의 공통점은.

'욕망…….'

무언가를 더 잘하고 싶다는 욕망과 자신이 가진 씨앗이 결합했을 때 능력이 발아된다고 볼 수도 있었다.

그럼 이여름의 머리 위로 피어올랐다 사라진 씨앗 또한 이해가 되었다.

그녀 또한 이번 사건으로 연기를 더 잘하고 싶다는 욕망을 갖게 되었을 테니까. 그렇다면 왜 발아하지 못한 채 사라진 것일까.

그녀가 가진 재능이 모자라서?

욕망이 부족해서?

자신이 아닌 다른 사람의 경우는 처음이었기에 확신할 순 없었다. 하지만 한 가지 가설을 세울 순 있었다.

강찬이 가진 능력의 원천이자 자신에게 능력을 준 그녀가 원하는 것, 욕망과 관계가 있을 것이라는 가설.

'욕망이 모자랐을 수도 있다.'

이여름은 지금도 충분히 잘하고 있었다. 하지만 아직은 경험이 모자라 감정적인 부분에서 부족함을 보이곤 했다.

그것을 케어해 주며 그녀가 연기에 대한 갈망을 느끼게 한다면, 발아시킬 수 있지 않을까?

'시도해 볼 가능성은 있어.'

아니, 해야 한다.

이여름은 주춧돌이자 시작의 발판이다. 그녀를 발아시킬

수 있다면 다른 이들 또한 발아시킬 수 있다는 뜻이 되니까.

생각을 끝낸 강찬은 곧바로 시나리오를 펴 들었다. 이여름이 감정적으로 폭발할 수 있는 장면, 그러면서도 그녀가 느껴보지 못한 어려운 감정이 요구되는 장면을 찾기 시작했고.

"이거다."

하나의 신을 찾은 강찬의 입가에 미소가 번졌다.

'몸이 두 개가 되는 발아 능력이라거나, 잠을 자지 않아도 된다거나, 하는 발아 능력이 있으면 얼마나 좋을까.'

그런 생각을 하던 강찬은 고개를 휘휘 저었다.

"죽겠네."

세트에서의 촬영이 시작된 후, 강찬은 휴게실 하나에 침대를 가져다 두고선 자신의 방처럼 사용하고 있었다.

이제 막 촬영을 시작한 단계였기에 서로 조율할 것이 많았는데, 그마저 주·야간으로 나뉘어 버리니 일이 2배가 되어버린 것이었다.

그나마 다행인 것은 조율이 끝났다는 것이고, 촬영은 순조롭다는 것이었다.

강찬이 데려온 배우들은 미래에 그들이 보여주었던 것이 우연이 아니었다는 듯 깔끔한 연기력을 보여주며 영상을 뽑는 재미를 주었다.

특히 이여름은 더 말하기에 입이 아플 정도.

아직 어린아이라 그런지 하루가 다르게 성장하는 모습을 보는 재미도 있었다.

"으어어……."

그 여자가 말했던 '시간을 사는 방법'만 알 수 있어도 한결 편해질 거라는 생각이 들었지만, 아직 실마리조차 잡히지 않고 있었다.

강찬이 앓는 소리와 함께 간이침대에서 일어섰을 때, 누군가 그의 방문을 두들겼다. 방문이라기보다는 통유리로 된 휴게실 문이었지만.

어쨌거나 유리 너머로 안민영의 얼굴이 보였고 강찬은 들어오라 말했다.

"세상에…… 돼지우리야?"

"사람 방 보고 돼지우리라니, 실례예요."

"돼지한테?"

할 말이 없어진 강찬이 방을 돌아보았다.

강찬이 방으로 사용하고 있는 휴게실 바닥에 널린 종이들은 대부분이 폐기된 시나리오나 스토리보드였고 그나마 쓰레기라 부를 만한 것은 책상에 쌓인 컵라면 용기뿐이었다.

"그래도 쓰레기는 없어요."

"돼지들도 자기들 우리에 쓰레기가 있다곤 생각 안 할걸?"

강찬이 헛웃음을 흘리자 안민영이 말을 이었다.

"그러다 뼈 삭는다."

"뼈 삭는다는 이럴 때가 쓰는 말이 아닌 거로 아는데요."

"강 감독처럼 막살아도 삭아."

강찬이 이상한 논리에 헛웃음을 흘리자 안민영은 박카스 하나를 내밀며 말했다.

"며칠째야?"

"뭐가요?"

"집에 안 들어간 지."

"여기 세트 촬영 시작한 게 나흘이니까, 나흘이요."

"어머니 걱정하시겠다."

"얼른 돈 벌어서 효도해야죠."

"……어쩌다 효도의 기준이 돈이 된 건지."

짧게 혀를 찬 그녀가 겨드랑이에 끼고 있던 파일 하나를 내밀며 말했다.

"인터뷰 들어왔어. 시네마 24라고 꽤 이름 있는 잡지인데, 알아?"

"그럼요."

시네마 24라면 영화 전문 잡지의 이름이었다.

영화 평론과 감독, 그리고 배우들의 인터뷰 등 영화에 대해 폭넓은 지식을 알려주는 것으로 꽤 유명세를 타고 있으며 훗날에는 평점 사이트까지 운영하며 규모를 키우는 곳이었다.

"거기서 절 왜요?"

"왜긴, 요즘 핫하잖아. 강 감독."

그녀가 엄지를 치켜들며 말했고 강찬은 그녀의 손을 무시하며 파일을 훑어보았다. 파일에는 날짜와 시간, 그리고 예상 질문 리스트가 적혀 있었다.

"타임 테이블은 그렇다 쳐도 예상 질문 리스트는 뭐예요?"

"보통 그런 질문들 하니까 그런 질문 받아도 상관없으면 하고, 아니면 말라는 거지."

"이상한 배려네."

그간 많은 인터뷰를 해보았지만, 이런 리스트는 처음 받아봤다.

"할 거야?"

인터뷰라면 언제든 환영이었다.

영화나 광고 쪽에 종사하는 사람, 혹은 강찬을 아는 사람이 아니고서야 지금의 강찬을 아는 사람은 없는 거나 다름없었다.

이런 상황에 인지도를 올리기 위한 가장 좋은 방법은 매스컴에 노출되는 것. 그 시작으로 잡지는 나쁘지 않은 선택이었다.

"해야죠."

"시간 없다고 안 할 줄 알았더니?"

"해서 나쁠 건 없으니까요."

"하긴."

영화감독도 어떻게 보면 대중의 관심을 먹고 살아가는 존재다. 그런 꿈을 꾸는 상황에 유명해질 수 있는 기회가 온다면 잡는 것이 당연지사.

강찬의 시선이 시나리오로 향했다. 그는 무언가를 생각하는 듯 천천히 고개를 끄덕이더니 아, 하는 탄성과 함께 말했다.

"안 PD님, 촬영 일정 하나만 바꿀 수 있을까요?"

"왜? 어떤 거?"

"내일부터 진행되는 57~64장면이요. 원래 놀이터-집-골목길 순서로 일주일 촬영이잖아요?"

"그렇지."

"골목길 장면 먼저 좀 앞으로 당기려고요."

"왜?"

"놀이터 장면에 추가하고 싶은 장면이 생겼는데 아직 구체적으로 보드를 못 짜서요. 일단 뒷부분 촬영하면서 앞부분 보완 좀 하고 싶은데, 가능할까요?"

물론 거짓말이다. 골목길에서 찍는 63~64번 장면은 이여름의 감정이 폭발해야 하는 장면. 그 신을 먼저 찍고 싶어 둘러

댄 것이었지만 그럴듯했기에 안민영이 고개를 끄덕였다.

"뭐 로케 옮기는 것도 아니고 그 정도야 감독 재량이지. 그럼 강 감독 말대로 스태프들한테 전해주면 되는 거지?"

"예. 부탁드립니다."

수첩을 꺼내 강찬의 말을 받아 적은 안민영이 오케이, 하는 말과 함께 밖으로 나갔고 강찬은 다시 한번 시나리오를 체크했다.

다음 날. 63, 64번 신의 촬영이 시작됐다. 촬영은 순조로웠다. 딜레이되는 것도 없었고 배우들의 연기 또한 만족스러웠기에 몇 번의 NG 없이 이어졌다.

오늘은 세트가 아닌 현장 촬영.

달빛이 비추는 주택가의 골목길에서의 촬영이었다. 설치된 조명이 달을 대신해 밝은 빛을 발했고 스태프들이 돌아다니며 장비를 점검했다.

신 63, 64는 골목길에서의 추격 신이었다.

강찬이 연기하는 배역 '오지훈'이 다친 채로 걸어가고 그 뒷모습을 보며 이여름이 맡은 배역 '주한솔'이 가지 말라고 하는 장면이었다.

단순한 장면이지만 지금까지 쌓아온 감정선이 있기에 많은 감정이 담겨야 했다.

오지훈은 마무리해야 할 일이 있기에, 그리고 그 과정에 주한솔이 다칠 것을 걱정해 그녀를 두고 가려 하지만 주한솔은 오지훈과 떨어지는 것 자체를 두려워했다.

두 사람 모두 상황을 이해하고 있으며 떨어져야 한다는 것 또한 알고 있다. 하지만 이성보다 감성이 앞선 주한솔이 오지훈에게 가지 말라고 하는 장면이었다.

두 사람이 함께하는 장면과 강찬 솔로 컷의 촬영까지는 순조롭게 이어졌다. 남은 것은 이여름의 솔로 컷.

모든 준비가 끝나자 장비가 설치된 필드 테이블에 앉은 강찬이 큐 사인을 보냈다.

"64, 7에 1. 레디, 액션!"

크레인에 설치된 카메라가 위에서부터 내려오며 골목에 기댄 이여름을 찍는다. 그녀는 자신의 집을 바라보다 들어가기 싫다는 듯 애꿎은 바닥을 툭툭 찬다.

그리고 오지훈이 골목을 돌아 사라지기 직전, 들릴락 말락 한 목소리로 말한다.

"가지 마세요."

그녀의 말에 강찬 대역의 사내가 걸음을 멈추었다. 물론 모든 카메라가 이여름에게 집중된 상태였기에 대역은 카메라에

담기지 않는다.

대역은 이여름이 감정이입을 쉽게 하기 위한 장치일 뿐이었다.

"같이 가면 안 되는 거 알아요. 그러니까 그냥 안 가면 안 돼요?"

이여름의 연기는 썩 훌륭했다. 하지만 강찬이 원하는 정도의 감정이 담기진 않은 상태. 평소라면 어떻게 해결해야 할지 고민을 했겠지만.

이미 이런 상황을 예상했고 해결할 방법까지 생각해 둔 상태였다. 강찬은 자신의 생각대로 진행되는 상황에 올라가는 입꼬리를 억지로 누르며 외쳤다.

"컷, NG!"

NG를 외친 강찬이 자리에서 일어서며 말했다.

"잠시만 쉬어 갈게요!"

오로지 이 장면만을 위해 쉴 새 없이 달려왔기에 스태프들이나 배우들 또한 살짝 지친 상황, 강찬의 입에서 휴식이라는 단어가 나오자 스태프들이 짧은 숨을 몰아쉬며 휴게실로 향했다.

그사이 강찬은 이여름에게 걸어가 말했다.

"여름아."

"네."

"네가 한솔이라면 지금 어떤 기분이 들 거 같니?"

강찬의 물음에 이여름은 천천히 고개를 끄덕이다 답했다.

"슬플 것 같아요. 지훈 오빠가 내 유일한 가족이나 마찬가지인데 다쳤어요. 그런데 전 할 수 있는 게 없고 가는 걸 보기만 해야 해요. 그리고 기다려야 해요."

이여름은 강찬이 원하는 그대로의 주한솔을 연기해 주고 있었다. 그걸 증명하듯 주한솔이 지금 생각하고 있어야 할 것들을 그대로 말하고 있었다.

"언제 돌아올지, 또 돌아올지도 모르는 상황이에요. 게다가 가족이라고 생각하지도 않는, 너무 싫어하는 사람들과 또 한 집에 있어야 해요."

그녀의 말을 모두 들은 강찬이 고개를 끄덕였다. 이여름은 박수라도 쳐 주고 싶을 정도로 잘 이해하고 있었다.

그렇기에 감정을 끌어내기 더 쉬울 터. 이제는 그녀가 겪어보지 못한 감정을 그녀가 겪어본 감정 속에서 찾아내 주기만 하면 된다.

생각의 정리를 마친 강찬이 이여름을 바라보며 말했다.

"이리 와보렴."

강찬은 이여름과 함께 필드 모니터로 걸어가 방금 촬영한 장면을 보여주었다. 이여름은 진지한 눈으로 자신의 연기를 바라보았고, 재생이 끝나자 강찬이 말했다.

"어때?"

"슬퍼 보여요."

"이 슬픔이 어떤 슬픔 같아 보여?"

뜻밖의 질문이었는지 이여름의 눈이 강찬에게 향했다.

"슬픔의 종류요?"

"응. 무언가를 잃어버렸을 때의 슬픔, 갖지 못했을 때의 슬픔. 슬픔의 종류가 많잖아."

이여름은 생각해 본 적 없다는 듯 고개를 저으며 말했다.

"그냥 슬프다는 생각으로 연기해서 잘 모르겠어요."

"그럼 생각해 보자. 이 상황에는 어떤 슬픔이어야 할까?"

그녀는 고개를 숙인 채 고민하다 이내 강찬을 바라보며 말했다.

"잘 모르겠어요."

그때, 말하는 이여름의 머리 위로 조그만 빛이 솟아올랐다. 전과 같은 빛이지만 전보다 작은 빛이었다.

그걸 본 강찬은 조급해지려는 마음을 심호흡으로 가다듬은 뒤 말했다.

"여름이 네가 가진 것 중에 없어지면 가장 슬플 것 같은 게 뭐니?"

이여름은 잠깐 고민하다가 말했다.

"메이플 캐릭터요!"

"······뭐?"

가족 혹은 인형이나 나올 거라 생각했던 강찬은 의외의 대답에 되물었고, 그사이 이여름이 핸드폰을 꺼내며 말을 이었다.

"제가 하는 게임 캐릭터인데······."

이여름이 핸드폰을 건넸을 때, 액정에 떠 있는 것은 캐릭터의 사진이었다. 사진 속 화려하게 꾸며진 이등신 캐릭터의 이름은 '큐티섬머'.

강찬이 헛웃음을 흘리는 사이 이여름이 말했다.

"예쁘죠?"

"그래. 예쁘네. 그게 가장 소중하다고?"

"네!"

강찬 또한 재미있게 했던 게임이었다. 20년도 전에 했던 게임의 추억을 떠올리던 강찬은 삼천포로 빠지던 생각을 원래의 궤도로 올려놓았다.

게임 캐릭터와 극 중 가족이나 다름없는 오지훈. 두 개를 동일 선상으로 올려놓는 것을 이여름이 이해할 수 있을까.

일단 시도는 해보아야 한다. 이여름 머리 위에 있는 손톱만한 빛덩이를 힐끗 본 강찬이 물었다.

"여름아, 이렇게 생각해 보자. 여름이의 캐릭터가 어느 날현실로 나온 거야."

"······현실로요?"

"응. 그래서 여름이랑 친구를 하는 거지."

이여름은 천천히 고개를 끄덕이다 이내 미소를 지었다.

"같이 놀 수 있는 거예요?"

"그렇지. 여름이가 같이하자는 걸 다 해주는 친구, 누구보다 말이 잘 통하고 잘 이해해 주는 그런 친구가 나타난 거야."

이여름은 생각만으로도 신이 나는지 함박웃음을 지으며 강찬의 말을 기다렸다.

"그런데 갑자기 돌아가야 한대. 원래 게임의 세계로. 그럼 어떨까?"

방금까지 반달처럼 미소를 짓고 있던 그녀의 눈이 차게 식었다. 이렇게 빠르게 감정이입을 하는 게 신기할 정도였다. 미래에 크게 되는 이유가 있구나 하는 생각도 잠시, 강찬은 이여름에게 집중했다.

그녀는 천천히 고개를 떨어뜨리더니 말했다.

"안 가면 안 돼요?"

"현실에 계속 있으면…… 아예 사라져 버린대. 그래서 이제는 게임으로 돌아갈 시간이 된 거지."

이여름은 코를 훌쩍이며 답했다.

"엄청 슬플 것 같아요. 그러면 다신 못 보나요?"

"게임 속에서는 볼 수 있지만, 다시 여름이와 대화를 할 수 있을지, 현실에서 볼 수 있을지는 몰라."

그의 말에 이여름의 눈에 물기가 서렸다. 곧 그녀의 슬픔이 서렸다가 아쉬움이 서렸고 이내 두 감정이 섞여 이여름의 얼굴에 깃들었다.

"여름이의 캐릭터가 이제 가야 할 때라고 말하면서 저기로 걸어가는 거야. 그럴 때 여름이는 어떻게 할 거 같아?"

강찬이 골목실 어귀를 가리키며 말하자 자연스레 이여름의 시선이 골목길로 돌아갔다. 곧 그녀의 눈꼬리에 맺혔던 눈물이 방울이 되어 흘러내렸다. 여름이 고개를 돌려 강찬을 바라보며 말했다.

"어떤 건지 알 것 같아요."

이여름은 대답과 함께 일어서더니 준비된 카메라의 앵글 안으로 들어갔다.

그러자 어느새 모여 강찬과 이여름의 대화를 듣고 있던 서대호가 이리저리 뛰어다니며 촬영의 시작을 알렸다. 곧바로 스탠바이가 되었다.

강찬은 이여름의 감정이입에 방해되지 않도록 손을 휘휘 저었고 그의 신호를 알아챈 서대호가 모든 스태프에게 큐 사인을 보냈다.

그 사인을 이해한 이여름이 연기를 시작했다.

"가지 마세요."

다시 볼 수 있을 것이라는 희망적인 생각과 볼 수 없다는 것을 알고 있는 슬픔. 붙잡고 싶지만 붙잡을 수 없는 상황에 가지 말라는 말을 하는 그 감정이 이여름의 얼굴에 녹아났다.

"오케이! 컷!"

10분 전과 똑같은 배우라고 생각하기 힘들 정도의 극적인 변화에 강찬의 입가에 미소가 번졌다.

컷 사인과 함께 강찬이 박수를 쳐주자 다른 스태프들 또한 그녀의 연기에 감탄을 했는지 박수를 치기 시작했다.

연기의 여운이 남은 건지 자꾸만 흐르는 눈물을 닦던 이여름은 당황한 얼굴로 주변을 바라보다 밝게 웃으며 고개를 숙였다.

그사이 촬영 현장을 지켜보고 있던 안민영이 강찬의 옆으로 다가와 말했다.

"전에 보니까 연기도 잘하던데, 못하는 게 없어서?"

"여름이가 잘해준 거죠."

안민영은 강찬의 옆구리를 팔꿈치로 툭 친 뒤 현장을 바라보며 말했다.

"쓸데없는 겸손은."

"원래 익을수록 숙여야죠."

"벌써 다 익었다는 거야?"

강찬은 대답 대신 미소를 지었고 그의 반응에 안민영은 어이가 없다는 듯 헛웃음을 흘렸다.

두 사람이 대화를 하고 있는 사이 이여름이 다가왔다. 안민영은 그녀의 앞에 한쪽 무릎을 꿇고 앉으며 말했다.

"엄청 잘했어. 나 현장에서 배우 연기하는 거 보고 울 뻔한 거 처음이야."

"진짜요?"

"그럼."

안민영의 말에 기분이 좋아진 이여름은 헤헤하고 아이답게 웃더니 강찬을 보고 물었다.

"저 궁금한 게 있어요."

"응."

"제가 방금 연기한 감정을 뭐라고 부르나요?"

"음…… 아련함?"

뭐라 단정 지을 수 없었지만 가장 가까운 감정이 아련함이었다. 강찬의 말에 이여름은 아련함…… 이라는 말을 되뇐 후 고개를 끄덕였다.

그 순간.

이여름의 머리 위에 있던 작은 빛의 씨앗이 천천히 벌어지더니 그 위로 줄기가 올라왔다. 새끼손톱만 한 씨앗이었기에 올라온 줄기 또한 1㎝도 되지 않는 크기였지만 강찬은 직감했다.

'발아다.'

그리고 그의 생각을 증명하듯 강찬의 눈앞으로 메시지가

떠올랐다.

[이여름이 연기 능력이 발아했습니다.]
[이여름]
[발아 능력: 연기 - 발아 1단계]
[특징: 타인에 의하여 발아한 상태입니다. 발아 주체의 근처에서 멀어질수록 능력의 효과가 감소됩니다.]

메시지를 본 강찬의 입가에 미소가 번졌다. 마음 같아서야 소리를 지르며 뛰어다니고 싶었지만 그럴 순 없는 노릇.

'됐다.'

이여름의 발아는 시작이다. 강찬이 연기와 편집, 액션과 음주 등 다양한 능력을 가졌듯 세상에는 수없이 많은 사람이 셀 수도 없을 정도로 다양한 능력을 가지고 있을 것이었다.

그런 이들을 발아시켜 자신의 곁에 둘 수 있다면, 만금이 부럽지 않을 터.

다음 촬영을 위해 분장을 하고 있는 이여름을 바라보고 있던 강찬의 입가에 걸린 미소가 짙어졌다.

To Be Continued